검찰청 망나니

DECA MEDIA

검찰청 망나니 3

초판 1쇄 2025년 9월 15일

지은이 네시십분 · **발행인** 김정수 · **고문** 이종주
발행처 데카미디어 · **출판등록** 2025년 4월 17일
주소 서울시 영등포구 당산로 214 · **E-mail** tradejjang0@gmail.com
유통 · 판매 관리 (주)행운사 · **Tel** (031)901-1137 · **FAX** (031)901-4140
E-mail luckybogo222@naver.com · luckybogo222@daum.net

ISBN 979-11-7513-007-4 (3권)
ISBN 979-11-993499-3-3 04810 (세트)

검찰청
검찰청
망나니
네시십분 현대 판타지 장편소설 3

검찰청
검찰

차 례

검찰

CHAPTER 1

“그래, 중수부장이 검찰 내 온건파다? 하하하, 누가 들으면 놀라겠습니다.”

박준석 의원실, 진우와 권태영은 그길로 박준석을 따라 의원실로 온 참이었다.

“권 부장이라면 검찰총장 다음으로 뉴스에 많이 나오는 분 아닙니까? 정·재계의 저승사자로 말입니다.”

박준석은 권태영을 바라보며 의외라는 표정으로 계속해서 말을 이어나갔다.

“그래, 우리 권 부장께서 온건파라니 얘기를 안 들어볼 수가 없겠군요. 검찰 내 온건파의 의견은 뭡니까?”

“형사소송법 제196조 1항의 존치입니다.”

“하하하, 권 부장. 일어납시다. 나랑 장난하러 온 거요?”

“그럴 리가 있겠습니까?”

권태영의 말에 박준석은 얼굴에서 웃음기를 지우고는 굳은 표정으로 입을 열었다.

"그럼 뭐란 말인가! 지금 개정안의 주체를 존치하자는 것은 자네가 말한 검찰 내의 강경파와 똑같은 게 아닌가? 온건파의 입장도 수사 개시권은 내줄 수 없다……."

"수사 개시권 얘기는 하지 않았습니다."

권태영은 자신을 향해 버럭대는 박준석의 말을 가로채며 입을 열기 시작했다.

"수사 개시권 경찰에 내어줄 수 있습니다. 단."

"단?"

"검사의 지휘를 받아야 한다는 그 조항은 그대로 존치하고, 2항에 경찰의 수사 개시권을 인정하는 법안을 신설하는 방향으로 해주십시오."

권태영의 말에 박준석은 미간을 찌푸리고 고민에 빠진 듯했다.

"지금 사개특위에서 내놓은 대로 2항에 검사의 지휘권이 들어가게 된다면 어떻게 될지는 박 위원장님도 율사 출신이시니 잘 알지 않으십니까?"

권태영이 주장하는 대로 검사의 지휘라는 조항이 1항에 있냐, 2항에 있냐는 아주 큰 차이가 있었다.

"법 조항을 해석하는 것이 천차만별로 달라질 수밖에 없습니다. 2항에 검사의 지휘권이 들어가게 된다면, 경찰이 개시한 사건에 대해서만 검찰이 지휘할 수 있다고 해석하게 될 테고, 검사가 경찰에게 피의자를 호송하라는 지휘마저 거부할 수 있습니다."

박준석은 작게 한숨을 내쉬며 권태영을 바라보았다.

"그것을 우리라고 걱정하지 않은 것은 아닙니다. 하지만 공청회 과정에서 경찰의 참여가 적극적이었습니다. 검찰은 왜 논의 단계에서부터 참여하지 않은 겁니까?"

박준석은 정말로 안타깝다는 듯 말을 해왔다.

"내가 가장 안타까운 건 검찰은 이렇게 얘기를 해서 풀어나가면 될 일을 시작부터 거부하고 나섭니다. 그러다가 방향이 잡히면 들어와서 판을 깨려고 하지요."

박준석의 말에 진우와 권태영은 공감한다는 듯 고개를 끄덕였다.

그것이 지금까지 외부의 개입이 있을 때마다 검찰이란 조직이 살아남은 방식이었으니까.

"이미 사개특위는 여러 차례 회의 후 개정안을 정했습니다. 권 부장의 말에 나도 공감은 하는 바이나…… 힘들 것 같군요."

권태영은 고개를 주억거리며 박준석을 바라보았다.

"지금 당장은 제가 말씀드린 대로 진행되기 어렵다는 걸 저도 알고 드린 말씀입니다."

"당장은?"

"네. 아마 사개특위에서 정한 법안 그대로 통과되기도 힘들 거라고 말씀드리는 겁니다."

"권 부장! 권 부장도 지금 나를 겁박하는 겁니까?"

박준석은 마치 냉탕과 온탕을 오가는 듯한 권태영의 화법에 어느 장단에 맞춰야 할지 헷갈리는 듯했다.

"그 부분은 제가 말씀드리는 게 좋을 것 같습니다."

진우는 두 사람의 언쟁이 과열되기 전에 나서야 한다고 생각했고, 박준석을 향해 고개를 숙여 인사를 했다.

"안녕하십니까? 대검 중수부 검사 현진우입니다."

"그래, 우리 젊은 검사 양반은 무슨 말을 하려고 하나?"

진우가 두 사람의 대화를 끊어오자, 박준석은 한숨을 내쉬며 진정하고는 진우를 향해 물었다.

"위원장님께서는 저희 부장님께서 겁박하는 거라 생각하실 수 있습니다만, 전혀 아닙니다. 그저 현실을 말씀드렸을 뿐입니다."

"현실?"

"네. 검찰 내에서도 권 부장님과 같은 온건파는 한 줌밖에 되지 않습니다."

진우는 무언가 확신에 찬 눈빛으로 박준석의 눈을 마주 보며 이야기를 이어나갔다.

"안타까운 말씀입니다만, 그게 현실입니다. 당장 기조부장을 위시로 한 강경파들은 검찰 출신의 국무총리와 법무부 장관부터 움직이려 할 겁니다. 물론 국회 내의 검찰 출신 선배님들도요."

진우의 말에 박준석은 공감한다는 듯 고개를 끄덕였다.

그렇지 않아도 사개특위의 개정안이 정해진 이후 외부에서 압력이 슬슬 들어오고 있었기 때문이다.

"그리고 검찰 내부의 집단 반발로 이어질 테고요."

"아아, 그 점은 나도 알고 있고, 느끼고 있으니 본론만 얘기하는 게 어떻겠나?"

"그러니 만약 이 정국이 법사위에서 생각한 대로 흘러가지 않을 때, 저희 부장님께서 위원장님께 제의한 안도 있음을 생각해 달라는 말씀입니다."

"자네도 그렇고, 권 부장도 그렇고 마치 확신하듯 얘기하는군?"

"확신이라기보다는 예방주사를 미리 위원장님께 놔드린다고 생각해 주셨으면 합니다."

"……."

진우의 말이 끝나자 박준석은 고민에 빠진 듯 아무런 말도 하지 않았고, 권태영은 진우를 바라보며 고개를 끄덕였다.

"아무래도 위원장님께 고민하실 시간을 드려야 할 것 같습니다. 저희는 이만 일어나 보겠습니다."

권태영의 말에 진우도 자리에서 일어나 박준석을 향해 인사하고는 의원실을 벗어났다.

"이제 우리가 해야 할 일은 뭐지?"

의원실에서 나오자마자 권태영은 진우를 바라보며 물었다.

"지금 시점에서는 할 일을 다 한 것 같습니다."

"그래?"

"네. 이제 기조부장께서 좀 더 날뛸 수 있도록 응원하며 지켜볼 일만 남았네요."

"그다음은?"

"아마 VIP께서 나설 겁니다. 그리고 총리도 나서겠지요."

진우의 말에 권태영은 피식 웃으며 고개를 끄덕이고는 발걸음을 옮겼다.

*

-자네들 지금 뭐 하는 짓이야!

일주일 후, 검찰총장 정무진은 걸려온 법무부 장관의 전화를 받았는데, 전화를 받자마자 소리를 질러오는 법무부 장관의 말에 인상을 찡그리며 전화를 귀에서 뗄 수밖에 없었다.

"장관님, 소리 지르지 않으셔도……."

-이봐! 정 총장, 내가 지금 소리 지르지 않게 생겼어? 내가 뭐라고 했어! 이번 일은 나를 믿고 조금만 기다려 보라

고 했지? 그런데 대검 간부들 전원 사표 제출? 이딴 머리기사를 아침부터 VIP에게 보고해야겠나? 내가?

"장관님, 목소리를 조금만 낮춰주십시오."

-아주 검찰과 경찰 쌍으로 잘하는 짓이야!

전날, 수사권 조정 개정안이 경찰에게 유리한 방향으로 흘러가자 평검사들의 반발에 이어 대검 간부들이 사표를 제출한 상황이었다.

대검 간부들의 단체 사표 제출은 정치권과 여론을 흔들어놓을 만큼 큰 사건이었는데, 대검의 간부들은 지검의 차장검사 혹은 지청장급의 인사들이었기 때문에, 그들이 한꺼번에 옷을 벗게 된다면 공권력의 공백이 생길 것이 자명했기 때문이다.

"그저, 후배 검사들의 선택을 무를 수가 없었습니다. 그 친구들도 나름대로 생각이 있어서 한 행동인데 제가 어떻게 반대하겠습니까?"

정무진이 원론적인 얘기를 해오자 수화기 너머의 법무부 장관은 기가 찬다는 듯 헛바람을 삼켰다.

-이것 참 답답한 소리를 하는구만! 어쨌든 지금 VIP께서 매우 화가 나 계신다는 것만 알게! 당장 두 시간 후 국정토론회에서 어떤 말씀을 하실지는 나도 몰라!

"VIP께서 말입니까?"

-그래! 작금의 검찰 모습에 실망을 많이 하셨네. 상황이

검찰에 안 좋게 돌아가도 나는 이제 책임을 못 져. 자네들이 한 행동의 결과니 받아들이게!

"장관님, 아니, 선배님!"

장관은 제 할 말만 하고 전화를 뚝 끊어버렸는데, 전화를 끊은 정무진은 그대로 수화기를 들고 자세가 굳어버렸다.

대통령의 분노가 검찰을 향한다면 수습할 방법을 찾아야 했다.

고개를 이리저리 흔들며 정신을 차린 정무진은 바로 다시 어디론가 전화를 걸었다.

"어딘가? 지금 바로 총장실로 와. 급한 일이니 지금 바로!"

정무진은 전화를 끊고는 자리에서 일어나 사무실을 이리저리 돌아다니며 생각을 정리하는 듯했다.

한참, 생각을 정리하고 있을 때 사무실 문에서 노크하는 소리가 들려왔고, 문이 열리며 중수부장 권태영과 의외의 인물이 같이 올라왔다.

"저 친구는 뭔가? 내 자네만 오라고 했을 텐데."

정무진은 권태영의 옆에 있는 진우를 바라보며 얘기를 꺼냈고, 권태영은 숨을 고르며 입을 열었다.

"제가 말한 출구전략, 이 친구가 짰습니다. 지금 상황에선 저보다 이 친구가 총장님께 도움이 될 것 같아 데리고 왔습니다."

"저 친구가?"

권태영의 옆에 서 있는 진우를 뚫어져라 바라본 정무진은 두 사람을 향해 앉으라는 듯 손짓했다.

"두 시간 후, 장·차관 국정 토론회가 대통령의 주재로 열리네."

정무진은 두 사람을 바라보며 걱정된다는 표정으로 이야기를 이어나갔다.

"VIP가 그 자리에서 우리 조직을 향해 한 말씀 하실 수도 있다고, 법무부 장관께서 전해왔어. 수위가 어느 정도일 것 같나?"

정무진의 물음에 권태영은 말해보라는 듯 진우를 바라보았고, 진우는 평온한 표정으로 입을 열었다.

"VIP께서도 수위를 조절하실 겁니다."

"수위를 조절하신다고?"

"네. 아마 검찰과 경찰 양쪽을 다 탓하시는 말씀을 하시겠죠."

"그래, 경찰도 여론전을 하고 있지 않나?"

경찰 또한 3천 명의 정보 경찰들을 동원해 인터넷 여론전을 하고 있었다.

경찰 내부에서는 쉬쉬하는 분위기였지만, 삽시간에 뒤바뀐 인터넷 여론의 행태에 검찰에서는 경찰의 행동이라고 짐작했고 또, 확신하고 있었다.

"네. 아마 민정 라인에서 VIP께 보고했을 겁니다. 그리고 VIP께서는 이 사건의 중재를 총리실에 맡기시겠죠."

진우의 말에 정무진은 두 눈을 크게 뜨고는 연신 고개를 주억거렸다.

"그럼 지금 내가 해야 할 일은……."

"네. 우리는 총리 주재로 열릴 실무진 협의회에 필요한 안을 준비하면 될 것 같습니다."

"그래, 좋아."

"단, 우리도 내줄 것은 줘야 합니다."

진우의 말에 정무진은 무언가 마음에 들지 않는다는 표정으로 진우를 바라보았다.

"출구전략을 자네가 짰다고 했나?"

정무진의 물음에 진우는 대답 대신 살짝 고개를 끄덕였다.

"VIP께서는 검경의 행동을 나무라시며 서로에게 한 가지씩 양보하라 말씀하실 겁니다. 그렇게 되면, 우리가 준비했던 출구전략이 판국을 바꿀 수 있습니다."

"수사 개시권을 내준다는 게 말인가?"

"네. 지금까지 우리 조직은 수사 개시권을 넘겨줄 수 없다고 여론전을 해왔으니, 수사 개시권을 넘겨주고 지휘권을 지키는 방식으로 게임을 바꿀 수 있습니다. 마치 우리는 경찰에게 선심을 쓰듯 양보했다는 것처럼요."

진우의 말에 정무진은 눈을 이리저리 굴리며 생각에 빠진 듯했다.

“그러면 수사 개시권에만 대응해 오던 경찰은 우리가 개시권을 내주겠다고 했으니, 한 가지를 양보해야겠지요.”

진우가 말하자 권태영은 피식 미소를 지었고, 정무진은 손가락을 튕기며 진우를 바라보았다.

“지휘권의 양보.”

“그렇습니다. 우리가 후퇴 전략을 짰던 대로 수사지휘권을 제대로 명문화하여, 경찰을 우리의 관리하에만 둔다면! 수사 개시권쯤은 내주어도 상관없습니다.”

“하하하, 그렇지. 그래!”

어느새 진우의 말에 설득된 듯 정무진은 크게 웃음을 터뜨렸다.

“그리고 검찰의 역사에서도 총장님은 수사 개시권을 경찰에게 내준 총장이 아닌, 경찰로부터 수사지휘권을 지켜낸 총장으로 기록되실 겁니다.”

진우의 말에 만족스럽다는 듯 정무진은 크게 웃으며 연신 손뼉을 쳐댔고, 권태영은 진우의 어깨를 두드려 주었다.

*

「검경 수사권 조정 논란에 대통령 쓴소리 “검찰, 경찰 싸우는 것을 보면 한심.”」

「대통령 “검찰과 경찰이 공정사회를 만드는 중심, 밥그

릇 싸움 두고 볼 수 없어."」

「대통령의 쓴소리에 총리실이 직접 검경 수사권 조정 중재할 듯…… 수사권 조정 실무협의회 총리실 주재로 격상.」

전날 대통령의 한마디에 검찰과 경찰의 수사권 조정 싸움은 국회에서 다시 행정부로 넘어오게 되었고, 총리실의 주재로 실무협의회가 열릴 예정이었다.

"오늘 내가 협의회에 자네를 데려가겠다고 하니, 기조부장이 펄펄 뛰더군."

정부 과천청사로 이동하는 차 안, 정무진은 옆자리에 앉은 중수부장 권태영을 향해 입을 열기 시작했다.

"나야 그냥 자네를 데려가겠다고 통보하면 그만이지만 자네는 괜찮겠나?"

"무슨 말씀입니까?"

"자네 처지에서는 기조부장이라는 적이 생기는 거야. 그 친구는 이 일 하나만 보고 달려왔는데, 갑자기 특수에서 치고 들어왔다고 생각하겠지."

정무진의 말에 권태영은 씩 웃음을 지으며 입을 열었다.

"저도 상관없습니다. 제 한 몸, 제 조직 지키는 데는 저도 자신이 있거든요."

자신감 넘치는 권태영의 말에 정무진은 마음에 든다는 듯 고개를 주억거리며 권태영을 바라보았다.

"오늘 제안할 개정안 초안 만들어 왔나?"

"네. 현진우 그 친구가 밤새 작성했습니다."

권태영은 그리 말하며 가방에서 서류 봉투를 꺼내 건넸고, 정무진은 서류를 읽어 내려가기 시작했다.

"현행 법안을 그대로 지키면서, 수사 개시권을 인정해주는 항을 새로 만드는 것을 택했군?"

"네, 그렇습니다. 검사의 명령에 복종한다는 검찰청법의 삭제는 그대로 받아들이는 방향으로 했고요."

"그래, 잘했어. 좀 찝찝하긴 하지만, 지휘권만 확보할 수 있다면 뭐든 못 내주겠나?"

정무진은 마치 꽃놀이패를 쥐고 있는 도박꾼처럼 껄껄 웃으며 입을 열었다.

"그나저나 현진우 그 친구, 자네가 잘 키우고 있군?"

정무진의 말에 권태영은 미소를 지었다.

"그저 뛰어난 친구 같아서 갈 길을 찾아줘야겠다 싶어 자네 쪽으로 보냈더니, 이젠 이론가 흉내까지 내고 있으니 말이야. 우리 조직에 부족한 부분이 있다 싶으면 그 친구가 해결책을 떡하고 내어놓는 게 말이 되나? 그저 2년 차 평검사일 뿐인데 말이야."

"제가 키웠다는 말씀은 칭찬으로 듣겠습니다. 하지만 제가 손댈 곳이 없었던 친구였습니다."

그 말에 정무진은 놀란 표정을 지으며 권태영의 말에 집중하기 시작했다.

“검사 생활하면서 처음 보는 별종이라 뭐라 말씀드려야 할지 모르겠습니다만…….”

권태영은 진우를 떠올리며 조심스럽게 정무진을 향해 이야기를 이어나갔다.

“일단 판단력이 매우 빠르고 냉철합니다. 마치 후에 일어날 일을 알고 있다는 듯 한 번 결정한 일은 밀어붙이는 친구입니다. 또 말은 어찌나 잘하는지 그 친구와 반대되는 생각을 가졌다가도 이야기를 섞어보면 마치 가려웠던 부분을 긁어주는 답을 제시하곤 합니다.”

“그래, 그 부분은 나도 어제 느꼈어. 생각해 보면 우리가 수사 개시권을 경찰에게 넘겨줄 수 없었던 명목이 뭔가? 지휘권이 보장되어 있는 법 조항의 삭제 때문이 아닌가?”

“그렇습니다. 우리는 한 걸음도 물러설 수 없다고 생각을 했지만, 그 친구는 지휘권이 보장된 조항을 지키면서도 새롭게 돌아가는 길을 우리에게 제시한 겁니다.”

권태영의 말에 공감한다는 듯 정무진은 고개를 끄덕였다.

“어쨌거나, 자네의 영향권 아래 있는 것만으로도 그 친구한테 복이야. 내가 현진우 그 친구를 자네한테 맡긴 것도 그런 이유니까 말이야.”

정무진은 특수부 선배인 유태호를 날려 버린 진우를 오히려 특수부의 실권자인 권태영에게 맡겼다.

그것이 진우를 보호하는 길이라고 생각했기 때문이다.

"2년 차부터 저렇게 도드라진 모습을 보여주는 친군데 10년 후에는 어떤 모습이겠나? 권 부장 자네도 자네 인생에서 제일 중요한 시기에 복덩이 하나 얻었다고 생각하고, 그 친구 최대한 밀어줘 봐."

"네, 알겠습니다."

"그나저나, 그 친구가 한 말이 머릿속에서 떠나지를 않는구먼. 경찰로부터 수사지휘권을 지켜낸 총장으로 기록된다니……."

정무진은 무언가 만족스러운 듯 창밖의 풍경을 보며 연신 턱을 매만졌다.

*

"다들 바쁘신 와중에도 이렇게 모여주셔서 감사하다는 인사로 시작하겠습니다."

정부과천청사에 마련된 실무협의회 자리에는 총리 주재로 격상된 회의라는 것을 말해주듯 법무부 장관과 검찰총장, 중수부장 권태영, 그리고 반대편엔 행안부 장관과 경찰청장, 정보국장 신정민이 자리하고 있었다.

"대통령께서 이번 검경 수사권 조정 실무협의회를 지켜보시며 답답한 마음을 금치 못하셨습니다."

국무총리는 굳은 표정과 가라앉은 목소리로 모두를 향해 이야기를 이어나갔다.

“행정부의 책임자인 총리로서도 이대로 두고 볼 수 없다고 생각하고, 이 자리를 마련했습니다. 여러분께 지금 이 자리에서 확실하게 말씀드리겠습니다.”

회의 참석자들은 국무총리가 내뿜는 분위기에 압도되어 그저 그의 말에 집중할 뿐이었다.

“오늘, 이 자리에서 무조건 합의안이 도출되어야 할 것이며, 회의가 길어진다면 저는 가장 합리적인 안을 제시한 쪽의 손을 들어줄 수밖에 없다는 걸 미리 얘기하겠습니다.”

국무총리의 말에 참석자들은 두 눈을 질끈 감았다.

“제가 검사 출신이라고 해서 검찰 측에 사심을 더하지도 않을 것이며, 수사 개시권을 경찰에게 준다는 전제로만 논의가 진행되리라는 것을 검찰 측에서 알아주었으면 합니다.”

국무총리는 마치 자신의 덕을 볼 생각하지 말라는 듯 검찰 측을 향해 말해왔고, 경찰 측에서는 만족스럽다는 듯 고개를 끄덕였다.

“자, 그럼 양쪽에서 가져온 안을 제출하여 주십시오.”

국무총리의 말에 권태영은 자리에서 일어나 준비한 안을 총리에게 건넸고, 경찰 측 신정민도 자신들의 안을 국무총리에게 건넸다.

“경찰 측에서는 사개특위에서 정한 개정안을 그대로 가

져왔군요?"

"네, 그렇습니다. 저희로서는 이미 수사를 자의적으로 진행하는 부분이 있으므로 현실을 법으로 명문화한다는 사개특위의 의견을 존중하기로 하였습니다."

신정민의 답에 권태영은 작게 콧방귀를 뀌며 신정민을 바라보았다.

경찰 측은 마치 국회의 의견을 존중하듯 얘기했지만, 저들로서는 그대로 받아들여도 이득이었기 때문이라는 것을 권태영은 알고 있었다.

"좋습니다. 경찰 측에서는 양보는 없었지만, 국회의 의견을 존중한다는 명분 받아들이겠습니다."

국무총리는 그렇게 얘기하며, 권태영이 건넨 서류 봉투를 열고는 서류를 읽어 내려갔다.

모두의 시선이 국무총리로 향해 있었는데, 국무총리는 놀랍다는 듯 고개를 주억거리며 검찰이 건넨 안을 보고 있었다.

"검찰이 제출한 안은…… 놀랍군요."

국무총리의 말에 경찰 측의 표정은 급변했는데, 총리가 저렇게 말할 정도면 어느 정도의 안을 들고 온 것인지 궁금해지기 시작했다.

"검찰 측에서 제의한 안은 형사소송법 제196조 제1항을 현행 그대로 존치하되 몇몇 문장을 수정하고, 2항에 경찰의 수사 개시권을 인정하는 항을 신설하도록 하고, 경찰이 검사의 명령에 복종하여야 한다는 검찰청법 제53조를 삭제한 후 3항에 검사의 지휘를 세부적으로 정하는 안을 제의했습니다."

국무총리가 검찰이 제의한 안을 얘기하자 경찰 측은 놀란 표정을 지으며 검찰 측을 바라보았다.

그도 그럴 것이 한 발걸음도 양보할 수 없다며, 대검 간부들이 줄사표를 내던 조직이 가져온 안치고는 엄청난 양보를 했기 때문이다.

"저희 측에서 제시한 수사관, 경무관, 총경, 경정, 경감, 경위는 사법경찰관으로서 모든 수사에 관하여 검사의 지휘를 받는다는 조항은 경찰권 비대화를 걱정하는 국민의 여론을 받아들임과 동시에 2항을 신설, 경찰의 수사 개시권을 보장하여 경찰에서 주장하는 현실의 반영 또한 챙겼습니다. 그리고 모호한 검사의 지휘 부분 또한 대통령령이나 법무 장관령으로 정하여 서로 충돌이 없이 공조하는 검경이 되었으면 합니다."

경찰 측의 놀란 표정에 쐐기를 박듯 권태영은 마치 검찰에서는 경찰의 입장도 배려하여 공조를 원한다는 듯 얘기했다.

"좋습니다. 검찰 측의 안을 보니 내부적으로도 고민이 많았을 것 같은데, 제가 봤을 때는 경찰에서 줄곧 말해온 수사 개시권의 현실화 또한 지켜진 것 같습니다. 여러분들은 어떻습니까?"

국무총리의 옆에 앉아 있던 청와대 민정수석과 정무수석, 그리고 총리 비서실장은 총리의 말에 동의한다는 듯 고개를 끄덕였다.

"검찰에서 이렇게 양보를 했으니, 경찰에서도 양보를 해야 하지 않겠습니까?"

줄곧 당황한 표정을 짓고 있던 경찰 측 대표단은 국무총리의 물음에 아무런 답도 하지 못했다.

경찰청장은 무슨 답이라도 내어보라는 듯 정보국장 신정민을 바라보았다.

"총리님, 국회 사개특위에서 오랜 기간 공청회를 거치며 준비한 법안을 그대로 따르는 것이 맞는 것 같습니다. 급작스럽게 준비된 법안은 부작용을……."

"저희 측에서 급작스럽게 준비한 법안이 아닙니다. 이미 국회 법사위 여러 의원님과도 공감대를 이뤘고요."

권태영은 신정민의 말을 자르며 나서기 시작했다.

"여러 법률 전문가를 통해 경찰에서 주장하는 수사권 현실의 반영을 배려하기 위해 준비한 법안이라는 것을 경찰에서도 알아주었으면 합니다."

끝까지 자신들을 배려한 법안이라고 말해오는 권태영의 말에 신정민은 반박할 수 없었고, 그 모습을 지켜보던 국무총리는 고개를 끄덕였다.

"앞서 말씀드렸듯 저는 오늘 이 자리에서 결론이 도출되어야 한다는 생각에 변함이 없습니다. 검찰이 제시한 안은 지금까지 검찰의 반발과 경찰이 원하는 현실의 반영이라는 의견에도 부합하니 이대로 이 자리에서 표결하는 게 어떨까 싶습니다."

국무총리의 말에 경찰을 제외한 모든 사람이 동의한다는 듯 말했고, 가만히 두 눈을 감고 있던 신정민은 자리에서 벌떡 일어나 입을 열었다.

"총리님! 받아들일 수 없습니다. 아주 오랜 기간 국회에서 준비한 법안을 이렇게 하루 만에 손바닥 뒤집듯 뒤집을 수는 없는 일입니다. 정식적인 절차를 통해 다시 논의해야 합니다!"

"이미 국회 사개특위에서도 오늘 실무협의의 결과를 따르겠다고 말해왔습니다."

"총리님, 우리 경찰은 인정할 수 없습니다. 특히 검찰이 가져온 개정안 중 1항에 있는 모든 수사에 관하여 지휘를 받는다는 부분은 악법이나 다름없습니다!"

"그 수사 범위를 3항에서 따로 세부적으로 정하자고 보완책까지 제시했지 않습니까?"

"총리님께서 지금 너무 검찰의 편을……."

"신정민 치안감!"

신정민이 선을 넘으려 하자 그 모습을 지켜보고 있던 권태영은 신정민을 큰 소리로 불렀다.

"사법연수원 22기 신정민 치안감, 총리님께서는 연수원 대선배이십니다. 말을 가려서 하세요."

권태영은 마치 지금만을 기다린 사람처럼 진우를 향해 신정민이 말했던 연수원 기수까지 들먹이며 큰 소리로 말했다.

권태영의 말에 신정민은 그 자리에 그대로 서서 두 주먹을 꽉 쥔 채로 부들부들 떨었다.

"총리님, 죄송합니다. 제가 제 부하를 제대로 관리 못 해서 실언을 했습니다."

경찰청장마저 자리에서 일어나 총리를 향해 고개 숙이자 신정민은 어쩔 수 없다는 듯 한숨을 내쉬고는 고개를 숙였다.

"죄송합니다. 실언했습니다."

신정민이 고개를 숙이자 국무총리는 괜찮다는 듯 손짓을 했다.

"괜찮습니다. 원래 실무협의회 자리란 게 과열도 되고, 실언이 오가고 그런 자리 아니겠습니까? 자자, 자리에들 앉으세요."

그 말에 모두가 자리에 앉자 국무총리는 모두를 바라보며 입을 열었다.

"말씀드린 대로 검찰이 가져온 안에 대한 찬반 투표를 빠르게 진행하는 것이 좋을 것 같습니다. 경찰 측 괜찮겠습니까?"

"네, 괜찮습니다."

모든 명분을 잃어버린 경찰청장은 자포자기의 심정으로 승낙을 했고, 그렇게 표결이 시작되자, 그간 오갔던 감정 싸움은 아무것도 아니라는 듯 허무하게 찬성이라는 결과가 나와 버렸다.

"검찰의 시원한 양보와 경찰의 화답으로 인해 이렇게 빠르게 결론이 나게 되어 중재자 입장인 국무총리로서는 매우 만족스러운 협의회가 아니었나 싶습니다."

국무총리의 말에 검찰 대표단은 환하게 웃으며 화답했고, 경찰 대표단의 표정은 굳어 있었다.

그렇게 국무총리의 여러 말들을 뒤로하고 회의가 끝나자 참석자들은 서로 악수하며 인사를 하기 시작했다.

"고생하셨습니다."

권태영은 웃으며 신정민에게 다가가 손을 내밀었고, 신정민은 권태영이 내민 손을 한참 바라보다 입을 열었다.

"이번이 끝이라고 생각하지 마십시오."

"글쎄요, 이미 게임 끝인 것 같습니다."

권태영의 말에 신정민은 몸을 획 돌려 회의실 밖으로 나가 버렸고, 권태영은 그 모습을 보며 피식 웃음을 터뜨렸다.

*

“잘되겠지?”

한편, 중수부 2과장 이재윤과 진우는 수사권 조정 실무협의 회의 결과를 기다리며 초조한 심정으로 시간을 보내고 있었다.

“잘돼야겠죠…….”

평소 기면 기다, 아니면 아니다 확답을 해주는 진우의 입에서도 확신하지 못한다는 답이 나오자 이재윤은 더욱더 초조해졌다.

‘잘 마무리가 되어야 할 텐데…….’

진우도 막연히 이전 삶에서 타협된 안을 가지고 이런 판을 짠 것이었다.

수사 개시권에만 매몰되어 어떤 전략을 짜야 할지 모르고 소모적 논쟁만 하는 조직이었으니까…….

진우와 이재윤이 한창 불안해하고 있을 때 중수부 사무실에 있는 모든 구성원의 휴대전화 진동 소리가 동시에 들려오기 시작했다.

[알립니다 - 검경 수사권 조정 실무협의 종료. 경찰 수사개시권 확보, 검찰 경찰에 대한 지휘권 공고히…….]

대검찰청 대변인 명의로 검찰 구성원 모두에게 보내진 메시지였다.

메시지를 본 진우가 웃으며 고개를 끄덕이고 있을 때, 이재윤이 다가와 진우에게 물었다.

"현 프로, 문자 봤지?"

"네, 봤습니다."

"부장님이 들고 간 안대로 된 건가?"

"세부적인 내용은 봐야겠지만, 지금 발표된 메시지 내용대로라면…… 맞는 거 같습니다."

진우의 말에 이재윤도 주먹을 꽉 쥐고는 웃었다.

"고생했다. 네가 제일 고생 많았어."

이재윤은 진우에게 다가와 두 손으로 어깨를 주물러 주며 고마움을 전했다.

"선배라는 게 이번 정국에서 너보다 한 일이 없어서 면이 서질 않네."

"아닙니다. 제가 자유롭게 움직이고 생각할 수 있도록 해주신 것만으로도 감사하게 생각하고 있습니다."

이재윤은 고개를 빳빳이 들 만도 한데 겸손하게 말해오는 진우를 보며 피식 웃음을 지었다.

한참 두 사람이 얘기를 나누고 있을 때 진우의 휴대전화가 울리기 시작했고, 진우는 통화버튼을 눌렀다.

"네, 부장님. 사무실입니다. 네, 알겠습니다."

진우가 전화를 끊자 이재윤은 궁금하다는 눈빛으로 진우를 바라보았다.

"부장님?"

"네. 대검 앞 식당에서 식사하자고 하시네요."

"그래, 그래. 다녀와. 나랑은 다음에……."

이재윤은 그렇게 말하며 손으로 술잔을 든 시늉을 했고, 진우는 웃으며 고개를 끄덕였다.

"네, 알겠습니다."

진우는 고개 숙여 이재윤에게 인사를 하고는 중수부 사무실을 벗어났다.

✻

「검경 수사권 조정, 극적 타결. 총리실 중재 능력 발휘.」

「검찰청, "합의 내용 현실을 그대로 반영해 만족, 더는 불필요하고 소모적인 논란 반복되지 않길 기대……."」

「검찰청, 모든 수사 단계에서 경찰에 대한 지휘 더욱 철저히…… 모든 수사 단계라는 걸 강조한 보도자료 배포.」

「일선 경찰관들 불만 쏟아져…… 수사 개시권 얻긴 했지만, 강화된 검사 지휘권에 제약 상당.」

"이런 헤드라인들을 내가 봐야 하나?"

경찰청장실, 경찰청장은 합의를 끝내고 복귀하자마자 언론 기사들을 받아보고는 분이 풀리지 않는지 자신의 앞에서 고개 숙이고 있는 정보국장 신정민을 향해 말을 쏟아냈다.

"자네가 뭐라고 했나? 검찰은 수사 개시권에만 매몰되어 있으니, 지휘권 대응은 최대한 줄이자고 했지! 그 결과가 이거야!"

신정민은 경찰청장의 분노에 아무런 말도 하지 못했다.

"자네가 이번 일에서 한 게 뭔가? 아! 그래, 젊은 검사 하나 핀잔주고 조직 내에서 속 시원하다며 칭찬받은 거? 그거 말고 있나?"

"……."

"뭐? 국회의 안은 우리한테 베스트니 국회 쪽을 압박해? 이 친구야! 국회 법사위에 율사 출신이 한둘이야? 자네도 사법연수원 출신이라 해서 이번에 기대했더니, 결국 저들끼리 밀고 당겨주는 거에 당한 거야! 우리 말 들어주던 국회의원 놈들 중요할 땐 검찰에 붙는 거 보라고!"

자신의 말에 동조하며, 좋은 계책이라 말했던 경찰청장은 하루아침에 얼굴을 바꿔 모든 것은 신정민, 네 탓이라 말해왔다.

"당분간 근신해."

"청장님!"

"자네가 국무총리한테 검찰 편드냐며 내질렀을 때! 이런 마무리쯤은 예상했어야지! 거기가 어느 자리라고, 행안부 장관님 계신 자리에서 국무총리한테 대거리해? 네가 공무원이야?"

"바꿀 수 있습니다. 아직 안 끝났……."

신정민은 말을 이어나가지 못했다. 경찰청장이 던진 서류가 자신의 얼굴을 때리고는 발치에 떨어진 걸 멍하니 바라볼 수밖에 없었다.

"너만 아직 안 끝난 거야! 꼴도 보기 싫으니까 당장 나가!"

경찰청장의 말에 신정민은 고개 숙여 인사하고는 두 주먹을 꽉 쥔 채로 청장실 문을 쾅 닫고는 나가 버렸다.

*

"더 필요한 거 있으면 더 주문하고."

서초동의 한 식당, 진우는 연락을 받자마자 이곳으로 왔고, 중수부장 권태영과 식사를 하고 있었다.

"지금도 많습니다."

테이블 위에는 둘이서 먹는 양이라기엔 꽤 많은 음식이 올라가 있었는데, 진우는 부담스러웠지만, 열심히 먹어 치우고 있었다.

"오늘 회의 마치고 나오는 길에 너한테 뭘 해줘야 하나 고민을 했다. 그런데 그냥 밥부터 사주고 싶더라고."

권태영은 맞은편에 앉은 진우를 바라보며 이야기를 이어나갔다.

"이번 일로 내가 얻은 게 참 많다."

진우는 밥을 먹다 말고는 수저를 내려놓고 권태영의 말에 집중했다.

"우리 특수부를 반쯤 미심쩍은 눈으로 바라봤던 총장의 인정. 더 나아가서 법무부 장관의 칭찬……."

권태영은 회의를 마치고 자신을 향해 다가와 조직을 위해 큰일을 했다고 칭찬을 하던 법무부 장관의 얼굴을 떠올렸다.

검사 출신의 법무부 장관은 검사 시절 단 한 번도 보여준 적 없던 인자한 웃음으로 권태영을 향해 칭찬을 해왔었다.

"더 나아가 네가 말했던 대로 국회의원들에게 합리적인 인물이라고 내가 포장된 것까지."

검경 간 조율을 하던 국회는 검찰의 행태에 질려 하던 와중, 권태영이라는 온건파를 만나 자신들이 원하는 수사 개시권을 경찰에 내주는 방향이 지켜져 좋아하는 눈치였다.

물론 그들도 바보가 아니기에 뜯어보면 검찰의 지휘권이 강화가 되어 이전의 힘이 그대로였다는 건 알았지만, 그들이 국민을 상대로 약속을 지켰다는 명분 그거 하나만으로 만족하는 눈치였다.

“난 얻은 것이 많은데, 이 모든 정국의 판을 주도한 너는 얻은 것이 없다는 게 마음에 걸린다.”

권태영은 자신의 앞에 앉은 평검사가 얼마나 대단하고 남들이 보지 못하는 것을 보는 인물인지 이번 참에 깨달았다.

‘가까이하면 무조건 이득이 되는 사람.’

권태영의 마음에 진우의 가치는 이미 정해져 버렸다.

“너는 아주 가치가 높은 사람이다.”

권태영의 말에 진우는 미소를 지었다.

역시 자신의 눈앞에 앉은 남자는 속에 무언가를 담아두는 사람이 아니었다.

“지난 시간 네가 이 중수부에서 나를 상대로 보여준 모습은 곁에 두면 절대 내가 손해를 보게 하지 않을 사람, 아니, 오히려 나의 가치를 올려줄 사람. 너를 보면 떠오르는 내 솔직한 심정이다.”

권태영은 진우를 바로 보며 제 생각을 얘기하기 시작했다.

“그런 너를 잡아두려면 나는 너에게 뭘 줘야 하지?”

“권력입니다.”

권태영은 자신의 앞에 앉은 평검사의 당돌한 답에 피식 웃음을 터뜨렸다.

“정말 제가 제 인생을 걸어서 누군가를 잡고 싶을 때, 그때 제가 휘두를 수 있는 권력을 제게 주시면 됩니다.”

진우도 자신의 속마음을 숨기지 않았다. 권태영과 같은 사람들은 오히려 숨기고 겸양을 떨면 진우를 의심할 것이다.

이렇게 속마음을 말하고, 거래 관계라는 것을 확실하게 해주는 게 좋을 거라 판단했다.

“내가 너에게 그 권력을 줄 수 있다면, 너는 나에게 뭘 줄 수 있지?”

“아이러니하게도 저도 권력을 드릴 수 있습니다.”

“권력이라…… 나는 지금도 충분한데?”

“글쎄요. 그럼 부장님께서 저를 잡아두실 이유는 없으실 거 같습니다.”

“하하하!”

권태영은 자신의 속을 꿰뚫어 보듯 말하는 진우의 말에 크게 웃음을 터뜨렸다.

“그래, 너를 떠볼 이유는 이제 없지. 좋아. 내 목표는 검찰총장이 아니다.”

“알고 있습니다.”

“알고 있다고?”

“검찰총장이 목표이셨다면, 지금 그대로만 계셔도 충분히 하실 수 있는 분이시니까요.”

진우의 답에 권태영은 피식 웃으며 입을 열었다.

“그래, 내 목표는 검찰의 정점에서 옷을 벗고, 서울 종로구 청와대로 1번지로 가는 게 내 꿈이다.”

청와대로 1번지. 그곳은 모든 권력자가 꿈꾸는 곳이었

다. 권태영은 마음속에 품어둔 아주 큰 꿈을 진우 앞에 털어놓았다.

"왜, 그곳인지 여쭈어봐도 되겠습니까? 검찰의 정점에 서시고 평생 존경받는 법조인 출신의 한 사람으로 남으셔도 될 일인데, 왜 굳이 더러운 물에 손을 담그려 하십니까?"

당돌한 진우의 질문에 권태영은 굳은 표정을 하고 입을 열기 시작했다.

"내가 굳이 말해줘야 하나?"

"말씀하지 않으셔도……."

"나는 모두가 나를 우러러보게 만들고 싶다. 나를 무시하고 멸시했던 사람들 모두. 다시는 그런 눈빛을 내 앞에서 할 수 없도록 만들고 싶을 뿐이다."

진우는 이유를 알고 있었다. 그래서 굳이 들으려 하진 않았지만, 권태영은 진우의 앞에 모든 걸 말하기 시작했다.

"네가 나를 어떻게 생각해왔는지 나는 알 수 없다만, 나는 오직 그 이유로 사법고시를 봤고, 검찰에서 살아남아 이 자리까지 왔다."

이전 삶에서 검찰 생활을 무사히 마친 권태영은 정치권으로 갔고, 진우는 그의 자서전을 읽은 적이 있었다.

가난했던 어린 시절 받았던 무시와 멸시를 잊지 못한다고 그는 늘 말해왔었다.

물론 이전 삶에서는 그저 흔한…… 검찰 출신 정치인으

로 남았던 인물이었다.

"그래서, 나는 한 단계 더 높은 곳까지 올라가기 위해 사람이 필요하다. 똑똑한 사람이면 더 좋겠지. 마치 너와 같은 사람 말이다."

권태영은 진우를 보며 이야기를 이어나갔다.

"네가 원하는 권력을 나는 줄 수 있다. 단, 네가 나에게 줄 수 있다는 권력을 얻은 후면 더 좋겠지."

권태영은 자신의 앞에 앉아 자신의 눈을 뚫어져라 바라보고 있는 진우를 향해 결연한 표정으로 입을 열었다.

"이 정도면 괜찮은 거래 관계가 될 것 같은데, 네 생각은 어때?"

"한 가지…… 부장님께 확답을 받고 싶은 것이 있습니다."

진우의 말에 권태영은 말해보라는 듯 아무런 말도 하지 않았다.

"저를 부장님의 칼잡이로 쓰시려거든 저는 그 제의를 받아들일 수 없습니다. 부장님의 정적을 치라거나, 더러운 물에 제가 손을 담그라거나…… 그건 너무 매력 없는 일이거든요."

마치 정말 거래 상대처럼 제 생각을 말해오는 진우의 행동에 권태영은 크게 웃었다.

"하하하, 좋다. 그건 네가 아니더라도 할 사람이 많으니까. 그리고 너 같은 참모를 그런 일에 쓰는 건 아깝지."

"그렇게 답해주셨으니, 저는 이제 부장님의 사람입니다. 최선을 다해 모시겠습니다."

진우의 확답에 권태영은 만족스러운 듯 진우의 앞에 놓인 술잔에 술을 따르고, 자신의 술잔에도 술을 따랐다.

"들지."

권태영의 말에 진우는 잔을 들어 올렸다.

"앞으로 너와 나는 한배를 탄 동지다. 너의 냉철한 판단력과 결단력 오직 나를 위해 쓰길 바란다."

권태영은 그렇게 말하며 진우의 화답은 필요 없다는 듯 혼자서 술잔을 들이켰다.

'송백준과 차경환을 잡기 위해 이용할 가치가 있는 사람.'

진우는 자신의 앞에 앉은 권태영을 보며 그렇게 생각을 하고는 술잔을 들이켰다.

*

2011년 6월.

"일 좀 살살하자."

검경 수사권 조정 정국이 끝난 후, 일상으로 돌아온 대검 중수부는 정보 정리 업무 외에는 특별한 수사 업무를 진행하지 않고 있었다.

그도 그럴 것이, 중수부가 맡을 만한 큰 사건이 없었기 때문인데 그럼에도 불구하고 열심히 일을 하고 있는 진우의 모습이 이재윤은 안타까운지 입을 열기 시작했다.

"현 검사, 너만 보면 내가 눈치가 보여요. 어차피 우리야 하명 수사나 열심히 하면 되는데 평소에 누가 본다고 그렇게 열심히 하냐? 마치, 이 중수부에 너만 검사인 것 같다."

중수부 2과장 이재윤은 서류와 씨름을 하고 있는 진우를 보며 다가와 치를 떨듯 이야기를 이어나갔다.

"일 고만하고, 이 선배 검사의 부탁이나 하나 들어줘라."

"부탁이요? 저한테 말씀입니까?"

"그래, 이프로스 접속해 봐."

이재윤의 명령에 진우는 보던 서류를 덮고는 컴퓨터를 조작해 검찰 내부망인 이프로스에 접속했다.

이프로스(e-PROS)는 검찰 구성원들만 접속할 수 있는 내부망이었는데, 업무 지시부터 전자결재, 개인 일정 체크, 검찰 내부 커뮤니티 등등 모든 것을 할 수 있는 곳이었다.

"검사 게시판 가 봐."

진우는 이재윤이 지시하는 대로 검사 게시판을 눌렀는데, 여러 개의 게시글이 올라와 있었다.

"거기 보면 오늘 올라온 퇴임 인사 있지?"

"네. 수원고검장님께서 퇴임 인사 올리셨습니다."

"그래, 그 글. 거기에 댓글 하나 달아줘라."

그 말에 진우는 궁금하다는 듯 고개를 들고 이재윤을 바라보았다.

그도 그럴 것이 전혀 일면식이 없는 사람의 퇴임 인사에 댓글을 남긴다는 것은 좀 찝찝했기 때문이다.

"내가 초임 때 모시던 선배님인데 퇴임 인사에 저렇게 댓글이 적으면 좀 씁쓸하잖냐. 그래도 나름 수원고검장이면 끗발 날리시던 분인데."

검사들의 세계는 그런 세계였다. 내부망에 올린 퇴임 인사에 댓글이 몇 개 달리는지가 조직 생활을 얼마나 잘했는지 보여주는 일종의 척도였다.

"댓글이 많이 달려야 변호사 사무실에도 딱 액자로 걸어놓기 좋지. 안 그러냐?"

"액자요?"

"그래, 이게 다 밖에 나가서 변호사 사무실 차렸을 때 제가 검찰에서 이런 인물이었습니다, 하고 자랑할 수 있는 거라고. 보통 후배들이 액자로 만들어서 드려."

"아, 그렇군요."

진우는 그렇게 답하며, 이재윤이 말한 대로 그간 수고하셨다는 댓글을 달아주었다.

"잘했어, 일 고만하고 이프로스나 좀 돌아봐. 가끔 숨 돌리기엔 이프로스만 한 곳이 없다. 커뮤니티에 가입해서 동료 검사도 좀 사귀고!"

이재윤은 진우가 댓글을 다는지 옆에서 바라보며 확인하

다 진우의 어깨를 두드려 주고는 자신의 자리로 돌아갔다.

진우는 잠시 휴식을 취하는 겸 이프로스 내부를 돌아보았는데, 검찰 게시판은 말 그대로 인간 군상들이 모인 게시판이나 다름없었다.

'이건…… 소설을 쓰셨네…….'

비꼬는 것이 아니라, 말 그대로 누군가가 자신이 작성한 소설을 올려놓았고, 또 어떤 사람은 개인적인 이야기들을 적기도 하는 등, 말 그대로 인터넷 커뮤니티와 똑같은 모습이었다.

[기소 문제로 고민입니다.]

한참 게시판을 돌아보던 진우는 흥미가 당기는 제목을 확인하고는 게시글을 확인하기 시작했다.

[최근 한 기업의 비리를 수사하다가 별건으로 인지한 사건이 있습니다. 다른 기업들과 입찰 사업에서 담합한 정황을 확인하고, 공정거래위원회에 알렸습니다만, 우리가 알리기 전에 기업에서 자진 신고를 했다는 이유로 공정위에서는 과징금만 부과하고 따로 우리 쪽으로 고발을 하지 않은…….]

지방 검찰청의 한 검사가 자신이 담당하고 있는 사건에

대해 법리 문제를 묻는 글이었는데, 검사 게시판에는 이런 법리 문제를 묻는 글들이 왕왕 올라오고 있었다.

한참 읽어 내려가던 진우는 답글을 달기 시작했다.

ㄴ선배님 안녕하십니까? 연수원 37기 현진우 검사입니다. 개인적인 의견을 말씀드리자면 해당 건은 기소하더라도 공소기각이 될 것 같습니다. 대법원 판례를 보면 공정위의 고발 없는 기소는 요건을 갖추지 않아 부적법 하다는 판례가…….

진우는 자신이 아는 지식을 총동원해 해당 게시글에 댓글을 달았고, 얼마 지나지 않아 진우의 답에 댓글이 달렸다.

ㄴ아, 그런 판례가 있었군요. 혹시 판결 번호를 알려주실 수 있을까요?

ㄴ선고 2008도4762 판결입니다.

ㄴ현진우 검사, 고맙습니다. 의견 참고하도록 하겠습니다.

진우는 자신의 답에 선배 검사가 고맙다는 댓글을 달자, 뭔가 알 수 없는 희열이 올라왔는데 은근 뿌듯함을 느끼고는 다른 법리 해석을 묻는 글들에도 댓글을 달기 시작했다.

며칠 후, 서울중앙지검.

형사7부 검사 서필규는 오랜만에 만난 동기와 휴게실에서 자판기 커피를 마시며 이야기를 하고 있었다.

"현진우?"

"그래, 현진우 네 새끼 아니냐?"

"아니, 내가 수습 때 가르친 건 맞는데……. 지금은 대검 중수부에 파견 갔어."

"중수부? 잘 나가네. 2년 차 아냐?"

"2년 차야. 아니, 그래서 현 프로가 왜? 무슨 사고 쳤어?

"사고는 무슨, 너 요즘 이프로스 안 보냐?"

"이프로스? 그냥 공지 확인하고, 전자결재하고 마는데 무슨 일인데? 고만 빙빙 돌리고 말해봐."

서필규는 진우의 얘기가 나오자 걱정이 되는 듯 동기를 향해 물었고, 동기는 피식 웃으며 입을 열었다.

"요즘 이프로스 검사 게시판에 지식 왕이 한 명 있는데."

"지식 왕?"

"그래, 다른 검사들이 법리 해석 문제로 글을 올리면 10분 만에 판례까지 해서 완벽하게 댓글이 달린다고, 지식 왕이라며 소문이 자자하게 났다. 나도 얼마 전에 덕 좀 봤고."

"그래? 누군지 몰라도 참 할 일 없다."

"그게, 현진우야."

자판기 커피를 호록거리며 마시던 서필규는 동기의 말에 당황한 듯 커피를 뿜어댔다.

"풉, 푸흡. 누구? 현 프로?"

"그래, 요즘 다들 뭐 막히는 거 있으면 이프로스로 간다니까."

서필규는 손수건으로 옷에 묻은 커피를 닦고는 동기를 바라보았다.

"아니, 이프로스에는 판례가 따로 올라온 곳이 있잖아."

"거기서 언제 찾아보냐? 그냥 게시글 하나만 딱 올리면, 귀신같이 누가 법리 해석까지 해서 가져다주는데. 요즘 중수부 진짜 할 일 없나 보네."

"인마, 현 프로 그런 놈 아니야. 일할 거 다 하고 남는 시간에 댓글 달면 달았지. 어쨌든 나 들어간다."

서필규는 서둘러 동기와 인사하고 빠른 걸음으로 사무실로 들어가 컴퓨터를 붙잡고는 이프로스에 접속했다.

'검사 게시판…… 검사 게시판……."

예전엔 검사 게시판을 자주 본 적이 있었다. 선배 검사가 퇴임한다거나, 사회적 이슈에 대해 검사들끼리 의견을 나누곤 했으니까.

그런데 지금 검사 게시판은 자신이 알던 곳과 전혀 달라져 있었다.

'법리 해석 요청이 왜 이렇게 많아?'

검사들이 이렇게 많았나 싶을 정도로 검찰 게시판엔 새로 올라온 게시물이라는 표시가 뜬 게시글이 많았는데, 서필규는 그중 한 게시글을 보고는 웃음을 터뜨렸다.

"검사님, 뭐 좋은 일 있으세요?"

수사관 최태섭이 혼자 웃고 있는 서필규를 향해 물었는데, 서필규는 아니라는 듯 손사래를 치고는 전화를 꺼내 들고 익숙한 번호를 찾아 통화 버튼을 눌렀다.

*

"네, 선배님."

한참 이프로스 삼매경에 빠졌던 진우는 서필규에게 걸려온 전화를 확인하고는 재빠르게 사무실을 나와 전화를 받았다.

-현 프로, 너 요즘 뭐 하고 사냐? 중수부는 안 바쁘고?

대뜸 물어오는 서필규의 물음에 진우는 고개를 갸웃하고는 입을 열었다.

"요즘 따로 할 일도 없고, 큰 사건도 없어서 여유가 좀 있습니다."

-그래? 그래서 지식 왕이 되셨고만?

"지식 왕이요?"

-그래! 지식 왕!

뭐가 그리도 즐거운지 수화기 너머의 서필규는 낄낄거리며 진우를 향해 이야기를 이어나갔다.

-아이고, 현 프로. 이 선배는 검찰 게시판 들어갔다가 깜짝 놀랐다. 무슨 포털사이트 지식 게시판에 들어간 줄 알았어.

진우는 서필규가 무슨 말을 하는지 인제야 알 것 같았다.

요 며칠 자신이 이프로스 게시판에서 선배들의 질문에 몇 가지 답을 적은 것을 말해오고 있었다.

-그거 한다고 월급이 더 나오냐, 아니면 너한테 뭔가 이득이 있길 하냐? 왜 그러고 있어.

"이득 있습니다. 저도 그 공부했던 법률들을 다시 한 번……."

-어우, 범생이 같은 대답은…….

"그리고, 선배님들께서 고맙다고 답을 달아주시면 이상하게 기분이 좋습니다."

-하하하, 요즘 칭찬이 좀 고팠나 보다? 중수부 검사들은 서로 칭찬 안 해주고 그러냐?

"그런 건 아닙니다……."

서필규의 말에 진우는 순간 민망한 듯 작게 대답했다.

-어쨌든, 잘 지내는 거 같아서 보기 좋다. 그나저나, 어? 이 선배가 네 얘기를 다른 사람을 통해 들어야겠냐?

"죄송합니다. 요즘 너무 바쁘게 살았나 봐요."

-댓글 달 시간은 있고?

"선배님……."

-오늘 점심은 어때?

"점심이요?"

-그래, 오랜만에 얼굴 좀 보자. 네가 지검으로 넘어와.

"넵, 알겠습니다. 그럼 점심때 뵙겠습니다."

진우는 그렇게 말하고는 서필규와의 통화를 끊고 사무실로 발걸음을 옮겼다.

*

"김 계장님."

진우는 오랜만에 서울중앙지검 형사7부로 넘어와 부장검사 김용환에게 인사를 마치고는 자신의 수사관이었던 김현태를 찾아갔다.

"검사님! 잘 지내셨죠?"

"그럼요. 김 계장님은 어떠세요? 새로 온 분이랑은 호흡이 잘 맞으시고요?"

오랜만에 본 수사관 김현태는 반갑다는 듯 진우에게 다가와 웃으며 인사를 건넸다.

"그럼요. 형사7부 검사님들은 다 착하신 분들뿐이네요."

"죄송합니다. 저도 급작스럽게 발령 조치를 받은 터라, 찾아뵙고 인사도 못 드렸어요."

"아유, 제가 뭐라고요. 우리야 영감님들 지방으로 발령 받아서 가시면 헤어지는 것에 익숙해져야 하니까요. 전화로 말씀해 주신 것만으로도 감사히 생각하고 있습니다."

진우는 대검 발령을 받으며 김현태에게 전화로 사실을 말해줬고, 김현태는 상당히 아쉬워했었다.

"오늘은 무슨 일로……?"

"아, 서필규 검사님이랑 점심 약속이 있어서요. 김 계장님은 다음에 같이 식사해요."

"네, 알겠습니다. 그리고 자리 잡히시면 저 데려가신다는 약속 잊지 않았습니다."

"하하, 그럼요. 저도 김 계장님이 편합니다. 자리 잡히거든 꼭! 모시겠습니다."

"어이! 현 프로!"

진우와 김현태가 오랜만에 인사를 나누고 있을 때 복도 멀리에서 큰 소리로 진우를 부르며 서필규가 다가오고 있었다.

"요놈 요거, 얼굴 보기 왜 이렇게 힘드냐?"

"서 검사님, 안녕하세요."

"아이고, 김 계장님. 두 분의 감동적인 상봉을 제가 방해해서 죄송한데 오늘 현 프로는 제가 좀 빌리겠습니다."

"네, 알겠습니다."

서필규의 너스레에 김현태는 웃으며 진우와 인사를 하고는 방으로 들어갔고, 진우는 서필규와 함께 중앙지검 구내식당으로 발걸음을 옮겼다.

두 사람은 배식을 받고, 식당 한편에 자리 잡고는 오랜만에 대화를 나누기 시작했다.

"얼굴 보기가 왜 이렇게 힘드냐?"

"죄송합니다. 챙겨야지, 챙겨야지 하면서도 못 찾아뵀습니다."

진우가 죄송하다는 표정으로 말해오자 서필규는 피식 웃으며 입을 열었다.

"죄송은 무슨…… 우리 일이 다 그렇지. 언제 바빠질지도 모르고 말이야. 그나저나, 곧 총장 퇴임인데 소식 뭐 들은 거 없냐?"

서필규의 말에 밥을 먹던 진우는 놀란 표정으로 서필규를 바라보았다.

"소식이요?"

"그래, 중수부 내에서는 차기 총장에 관한 얘기 뭐 떠돌아다니는 거 없어?"

서필규의 말에 진우는 생각에 잠겼다. 그간 여러 정국을 거치며 잊고 살았는데 곧 정무진 검찰총장의 임기가 끝나는 시기였다.

이맘때면, 검찰 내부에는 누가 총장이 될 것인지 부서마다 촉각을 곤두세우곤 했는데, 누가 총장이 되냐에 따라 옷을 벗는 선배들이 많아지기 때문이다.

"기수 파괴 좀 일어나야지 않겠냐?"

서필규는 누가 들을까 조심스레 작은 목소리로 진우를 향해 입을 열었다.

"아, 요즘 인사 적체가 너무 심해. 위에 영감님들이 하도 옷을 안 벗으니까 밑에서도 못 올라가고 말이야."

"VIP도 임기 말이라…… 기수 파괴는 없을 거 같습니다."

"중수부 내에서 도는 소문 있어?"

"있어도, 저는 못 들었습니다. 평검사에게 얘기해 주겠습니까?"

"그래…… 그것도 그렇지."

서필규는 고민하다 진우를 향해 입을 열었다.

"내가 어디선가 좀 주워들은 게 있는데…… 이번엔 기획통 쪽이 총장 자리를 차지할 것 같다는데?"

서필규의 말에 진우는 이전 삶의 기억을 떠올리고는 표정을 굳혔다.

✱

"슬슬 우리도 총장 후보 밀어 올려야 할 시기가 온 것 같은데요?"

한편, 대검 중수부장 권태영은 부장실로 찾아온 2과장 이재윤과 대화를 나누고 있었다.

"총장 임기 얼마 안 남았어요. 새로운 총장 준비 기간하고 청문회 기간 생각하면 지금쯤 밀어 올려야 될 것 같아요."

"마땅한 사람이 있나……."

"강석우 검사장 어때요? 그래도 우리 특수 쪽에서는 제일 선배고, 선배랑도 껄끄러운 사이는 아니잖아요?"

"그렇지, 내가 중수부장으로 올 수 있도록 도움 많이 주셨어."

"그럼 정해졌네. 물밑으로 작업 좀 칠까요?"

이재윤의 말에 권태영은 다리를 꼬고 앉아 턱을 매만지며 고민에 빠진 모습이었다.

"현진우는 뭐 하나?"

"현 프로? 그 중앙지검에 선배들이랑 밥 먹고 온다길래 그러라고 했어요. 너무 일만 하길래, 내가 좀 쉬라고 떠밀었어요."

"언제 들어 온대?"

"보자……."

권태영의 물음에 이재윤은 손목에 걸친 시계를 확인하고는 입을 열었다.

"곧 올 때 됐네요. 현진우는 왜 찾으세요?"

“이 과장, 현진우 앞으로 우리랑 같이 가기로 했다.”

“네?”

뜬금없는 권태영의 말에 이재윤은 놀란 듯 되물었다.

“뭘 놀라? 너도 말했잖아. 현진우 우리 쪽으로 끌어오는 게 어떠냐고.”

“아니, 그건 그런데. 선배가 가타부타 말도 없이 갑작스레 말하니 그렇죠.”

“지금 말했잖아. 현진우 우리랑 같이 갈 거라고.”

“아니.”

권태영의 말에 반박하려던 이재윤은 포기하고는 입을 열었다.

“어쨌든, 잘됐네요. 상상 이상으로 똑똑한 놈이더라고요. 정보 좀 돌려보니 그 옆에 붙어 있는 선배 검사들도 괜찮고.”

“그래?”

“네. 수원지검 특수부로 간 그…… 주성민이었나?”

“이화회?”

“네. 그 검사도 그렇고, 서필규라고 현 프로 수습 때 가르친 평검사가 하나 있는데 어디에다 물어봐도 다 알더라고.”

이재윤의 말에 권태영은 흥미로운 듯한 표정을 지었다.

“평소에 주변 인물 관리를 열심히 하나 봐요. 평도 좋고, 정보도 꽤 많이 있는 것 같고. 어쨌든, 현 프로는 인복도 타고났어요."

"하하하, 너는 그게 타고난 거라고 보나?"

"그럼요? 초임지 발령받고 만난 선배들인데. 인복 좋은 거지…… 아, 이화회 현진우가 한 거라고 했죠."

"그래, 오히려 그 친구들에게 현진우가 굴러들어 온 복덩이나 다름없어."

권태영의 말에 이재윤은 고개를 끄덕일 수밖에 없었다.

"그럼, 현 프로도 지금 부를까요?"

"전화나 한번 해봐."

그 말에 이재윤은 전화기를 꺼내 들고서는 진우에게 전화를 걸었다.

"어, 현 프로 어디야? 사무실이야? 그럼 지금 부장실로 와. 그래."

"사무실이래?"

"예, 좀 오래 쉬다 오라고 내보냈더니 고새를 못 참고 또 사무실에 있네."

이재윤은 기가 찬다는 듯 혀를 찼고, 권태영은 피식 웃음을 터뜨렸다.

두 사람이 한참 얘기를 나누고 있을 때, 노크 소리가 들리며 부장실 문이 열렸고, 진우가 들어와 고개 숙여 인사했다.

"부장님, 과장님, 부르셨습니까?"

"그래, 와서 앉아."

이재윤의 말에 진우는 자리에 앉았고, 진우를 바라보던 권태영은 입을 열었다.

"강석우 검사장에 대해 어떻게 생각해?"

진우는 뜬금없는 권태영의 물음에 잠시 권태영의 얼굴을 바라보다 입을 열기 시작했다.

"한 번도 뵌 적은 없지만, 소문은 들어 알고 있습니다. 현재 특수부 중 제일 선배님이시고, 두루두루 모든 후배의 존경을 받고 계신다고요."

"2년 차는 요즘 그런 소문도 듣냐?"

진우의 답에 이재윤이 웃으며 말하자, 진우는 살짝 고개를 숙였다.

"그래. 현 프로, 네 말이 맞다. 강 선배님은 적이 없는 분이지. 공안 쪽도 강 검사장이 총장 하마평에 오른다면 비토할 명분이 딱히 없을 정도로."

진우는 권태영의 말에 집중했다.

"다음 총장은 우리 특수 쪽에서 가져와야 할 것 같은데. 내 생각엔 강 선배만큼 두터운 신망을 얻고 있는 분이 없는 것 같은데. 네 생각은 어때?"

"……."

"괜찮아, 편하게 말해봐. 네 의견을 듣고 싶은 것뿐이니까."

진우가 망설이자 권태영은 그렇게 말했고, 진우는 고개를 살짝 끄덕이며 입을 열었다.

"이번 총장은 특수나 공안. 둘 다 힘들 것 같습니다."

"검찰총장, 자네가 하는 게 어때?"

서울 모처의 한식당.

두 중년의 남자가 마주 보고 앉아 대화를 나누고 있었다.

"곧 VIP가 퇴임하시는데 뒤를 봐줄 사람이 필요하다고 내게 알려오셨어. 그래서 내가 그 자리에 박 검사장 자네를 추천하려고 하는데."

"나를?"

수원 고검장 박대성은 자신의 앞에 앉은 고교 동창이자 대학 동창이기도 한 국회의원 이진섭의 말에 놀란 듯 되물었다.

"그래, VIP가 아주 불안해해. 자네도 알다시피 그 양반이 깨끗하게 살아온 양반은 아니잖나."

"이 친구야, 말 조심히……."

"하하하, 어때? 없는 곳에서는 나라님 욕도 하고 그러는 거지."

"자네는 VIP의 측근이라 그렇게 말할 수 있어도, 나는 못 해."

박대성의 말에 이진섭은 껄껄 웃으며 이야기를 이어나갔다.

"어쨌거나, 퇴임 후 편하게 지내시려거든 임기 말, 검찰총장 임명을 잘해놔야지 않겠나. 자네는 어때?"

"진섭이 자네도 알다시피, 나는 검찰에서 평생 기획 업무만 해왔어. 특수부랑 공안부 쪽은 나 같은 기획통이 검찰총장에 오르면 흔들어댈 텐데, 그게 걱정이야."

"이 친구, 무슨 걱정이야? VIP 퇴임 전에 VIP가 자네 뒤를 봐줄 텐데. 말 잘 듣는 놈들로 물갈이하면 되지."

수원 고검장 박대성은 이진섭의 말에 고민에 빠진 듯 아무런 말도 하지 않았고, 이진섭은 계속해서 입을 열었다.

"VIP 퇴임 이후를 걱정하거들랑 그것도 걱정하지 말게. 다음 정권도 우리 당에서 창출할 거야. 그러기 위해서 제일 첫째로 풀어야 할 매듭이 검찰총장이고."

이진섭은 현직 대통령이 퇴임 이전, 개인 비리 문제로 시끄러워진다면 측근인 자신을 포함한 정권 재창출을 하길 원하는 당이 곤란해질 거라 생각했고, 모든 수사를 총괄할 검찰총장에 자신이 제어 가능한 박대성을 앉히고 싶어 했다.

"그리고 VIP도 퇴임 이후 자신의 안전을 생각한다면, 내가 추천하는 검찰총장을 최우선으로 생각할 거야."

박대성은 여전히 고민인 듯 입을 꾹 다물고 이진섭의 말을 듣고만 있었다.

"VIP도 뭔가 연줄이 있는 사람을 원해. 자네가 딱 맞아. 고향도 VIP랑 같고, 대학도 같고 말이야. 자네 신상명세서 들고 가면 바로 임명 준비하라고 하실 거야."

"이전 총장 임명 때 특수부가 물을 크게 먹어서 벼르고 있을 텐데 말이야."

"자네답지 않게 무슨 고민을 그렇게 하나? 저들이 벼르고 있으면 어쩔 건가? 임명권은 VIP에게 있고, 당장 정무진이 임명될 때도 찍소리도 못한 것들인데."

이진섭의 말에 박대성은 고개를 주억거렸다.

"정식 발표까지 시간 좀 줄 수 있겠지?"

"당연하지. 우리도 공식 절차가 있어. 자네 추천하고 자네에 대한 평판 조사가 들어갈 거야. 주변 정리부터 해."

이진섭은 박대성을 똑바로 바라보며 이야기를 이어나갔다.

"나는 자네가 어떻게 살아온지 잘 알아서 자네에 대한 걱정은 없다만, 그래도 돌다리도 두들겨 보고 건너는 게 맞지 않겠나?"

"그렇지. 나도 일단 내 뒤를 한번 돌아야 봐야겠어."

"가족·친지들 걸리는 거 없나 잘 보고, 제수씨 쪽 집안도 챙겨. 그리고 자네 아들 군 면제지? 청문회 때 반박할 자료도 좀 만들어놓고."

"알았네."

"좋아. 그럼 자네도 승낙한 것으로 알고 VIP께 정식 보고서 올라갈 거야."

"고맙네. 내 열심히 해보겠네."

"이 친구야, 나한테 고마워하지 말고, VIP께 고마워하고, 그리고 말했듯이 VIP 퇴임 후 안전보장 잊지 마."

"하하하, 그래! 알겠어."

박대성과 이진섭은 술잔을 기울이며 일종의 동맹을 맺었다.

*

"박대성이라…… 박대성……."

진우의 말에 권태영과 이재윤은 고민에 빠졌다.

"이게 어디서 흘러나온 소리라고?"

"여당 내부의 법사위원들 쪽에서 흘러나오는 소문이라고 합니다."

"누가 전달했고?"

"국회 출입 기자들 사이에서 알음알음 떠도는 소문을 중앙지검 법조 기자가 서필규 검사에게 전했다고 합니다."

"서필규 검사라…… 신뢰도는?"

"저 개인적으로는 90% 이상으로 보고 있습니다."

"박대성 출신이 어디지?"

권태영의 물음에 이재윤은 재빨리 휴대전화를 꺼내 들고는 어디론가 메시지를 보냈다. 그러곤 잠시 후, 답장이 도착하자 입을 열기 시작했다.

"TK, 대학도 VIP랑 동문이에요."

이재윤의 말에 권태영은 소파 팔걸이를 연신 두드리며 생각을 정리하는 듯했다.

"현진우."

"네, 부장님."

"그래서 네가 생각하기에는 이미 끝난 게임이라고 보나?"

"단순 총장 임명 건을 두고 말씀하시는 거라면 그렇습니다. 아마도 박대성 검사장이 총장이 될 겁니다."

"왜 하필 박대성이지? VIP 입장에서는 특수나 공안 누구든 임명만 하면 제 편이 되어줄 거란 걸 알고 있을 텐데?"

"그렇긴 하지만, 박대성은 다른 검사장들과는 다르게 VIP와 접점이 있습니다."

"단순 고향이 같고, 대학 동문인 거 말인가?"

권태영의 물음에 진우는 고개를 끄덕이며 입을 열었다.

"그것도 VIP가 안심하고 맡길 수 있는 일종의 보험이겠죠. 하지만 제일 중요한 보험은 이진섭이란 존재입니다."

"이진섭? 여당 사무총장 말이야?"

"네. 이진섭 의원은 VIP와 고향이 같고, 대학 동문이기도 하죠. 그리고 박대성 검사장과도 고교, 대학 동문이기도 하고요."

"그래. 이진섭이 중간에 있었구나."

진우의 설명에 드디어 의문이 풀린 듯 권태영은 고개를 끄덕였다.

"VIP는 아마 퇴임 이후를 생각하고 있을 겁니다. 아시다시피……."

"구린내가 풀풀 풍기는 건이 몇 건 있지."

"네. 그것 때문이더라도 자신의 퇴임 이후를 보장해 줄 검찰총장이 필요한 거겠죠. 그리고 이진섭이 맡고 있는 사무총장직은 선거를 총괄하는 자리입니다."

"VIP의 개인 비리로 선거를 지는 상황을 원하지 않는다는 거군."

"네, 그렇습니다."

모든 의문이 풀리자 권태영은 소파 팔걸이를 세게 내려치고는 큰소리를 쳤다.

"이 자식들이…… 어디 우리 조직을 흥신소 다루듯……."

권태영은 자존심이 상한 것 같았다.

검찰총장직을 떠나, 정치권 인사들이 검찰 조직을 흔드는 것을 용납하지 못하는 듯 주먹을 꽉 쥐고 부들부들 떨었다.

"박대성이 받아들일까?"

그 모습을 바라보던 이재윤은 진우를 향해 의견을 물었고, 진우는 대답 대신 고개를 끄덕였다.

"현진우."

"네, 부장님."

"아까 네 말이 마음에 걸리는데. 단순 총장 임명 건만 보면 끝난 게임이라고 했지?"

"네, 그렇습니다."

"그럼 단순하지 않은 건 뭐지?"

권태영은 중수부장답게 진우의 말에서 행간의 의미를 파악한 듯했다.

"저들의 의도에 생채기 정도는 낼 수 있습니다. 손이 닿지 않는 곳에 난 상처라 조금 귀찮고…… 쓰라려도 참아야 하는 그런 상처 말입니다."

"예를 들자면?"

"양 끝을 연결해 주는 고리를 끊는 건 어떨까요?"

진우의 답에 권태영은 만족스럽다는 듯 씩 미소를 지었다.

CHAPTER 2

「靑, 차기 검찰총장 후보에 박대성 수원 고검장 지명.」

「박대성 임명에 검찰 내부 의견 갈려…… 코드인사 우려.」

「사법연수원 13기 박대성 후보자 지목에 공룡 기수 13기 줄줄이 퇴임 예정…….」

「기획통 출신 검찰총장 선택한 청와대. 특수통, 공안통 수난의 역사 반복?」

한 달 후, 신임 검찰총장 지명 소식을 확인한 진우는 고민에 빠졌다.

'박대성이 임명되는 미래는 바뀌지 않았다.'

진우가 알고 있는 미래대로 박대성이 차기 검찰총장으로 지명되었고, 대통령의 전폭적인 지지하에 국회 청문회 과정에서 흘러나온 그의 비위 사실과는 무관하게 총장이 될 것이다.

'임명 이후를 미리 준비해야 한다.'

한 달 전, 진우는 권태영, 이재윤과의 대화에서 박대성과 대통령의 연결고리를 끊는 게 어떨까 얘기했었다.

대통령은 퇴임 이후 자신의 안정을 위해서 특수부의 힘을 빼놓으려 할 것이다. 그것은 기획통 출신의 박대성과도 통하는 것이었다.

-특수통은 수사력은 좋은데 강골들이 너무 많다.

대통령이 특수부 대신, 형사부 출신인 정무진 검찰총장을 임명하면서 했다고 알려진 말이었다.

특유의 굽히지 않는 강골들이 많은 특수부 출신들은 자신과 맞지 않는다는 말을 빙빙 돌려 한 말이었는데, 기획부서 출신인 박대성도 특수부에는 자신의 영향력이 닿지 않으니 힘을 빼놓으려고 시도할 것이 뻔했다.

'연결고리를 끊어야 한다면.'

진우가 생각하는 박대성과 대통령의 연결고리는 국회의원 이진섭이었다.

'연결고리만 끊어 놓으면, 조직에 대한 대통령의 영향력도 낮아질 테고…….'

그리고 다른 사람들 앞에서는 따로 내색하지 않았지만,

진우가 이 일에 주도적으로 나서야 할 이유는 따로 있었다.

'구린내를 풀풀 풍기는 인간들을 가만두고 볼 수는 없으니까.'

진우는 이 사건으로 손을 잡은 권태영의 인정은 물론, 개인적인 욕심도 채우고 싶었다.

그렇게 생각을 마친 진우는 휴대전화를 꺼내 들고는 익숙한 번호를 찾아 통화 버튼을 눌렀다.

"선배, 현진우입니다. 오늘 퇴근 후에 좀 뵈었으면 합니다."

✻

"이야, 이런 비싼 곳에서 현진우한테 밥도 다 얻어 먹어 보고, 내일 해가 서쪽에서 뜨려나?"

서초동의 한 한정식집, 방으로 들어서던 서필규는 너스레를 떨며 진우를 향해 입을 열었다.

"우리 현 프로가 대검을 가더니 드디어 사회생활이란 걸 배워와서 이 선배에게 대접도 하고, 선배는 참 감동했다."

진우는 서필규의 오버에 피식 웃음을 터뜨렸다.

"그나저나 무슨 일이야? 나는 네가 보자길래 또 구내식당인가 했더니, 이런 비싼 곳에 나를 다 데려오고?"

"일단 식사부터 하시죠. 저 배고픕니다."

진우의 말에 서필규는 웃으며 입을 열었다.

"짜샤, 이 선배 눈치가 몇 단인데, 어디서 슬쩍 흘리고 넘어가려고."

"흘리다뇨?"

"네가 이렇게 나를 따로 보자고 한 거면 분명 용건이 있을 테고, 나에게 무언가 의뢰를 하겠지. 아니야?"

진우는 눈치 빠른 서필규의 물음에 웃으며 고개를 끄덕였다.

"그럼 인마, 의뢰의 내용에 따라 어? 수임료가 달라지는 게 이 바닥 룰 아니겠냐? 네가 부탁하는 거에 따라 내가 주문할 메뉴도 달라질 테니. 말해봐."

서필규의 말에 진우는 가방에서 주간지 하나를 꺼내 건넸다.

"시사리뷰? 거기다 2008년도 기사네?"

진우가 펼친 기사를 읽어 내려가던 서필규는 어떤 사건인지 기억난다는 듯 고개를 끄덕였다.

"아, 이거. 한창 시끄러웠던 거 기억한다. 내 첫 부임지가 남부지검이었거든."

"네. 그래서 선배님께 들고 온 겁니다. 당시 얘기를 좀 듣고 싶어서요."

"그때 남부지검장이 이번에 검찰총장에 지명된 분이야. 박대성 검사장."

서필규는 기사를 계속 읽어 내려가며 그때를 떠올리는 듯했다.

"이때 진짜 장난 아니었거든. 대통령 취임 1년 차에 지지율이 그냥 바닥을 치는 거야. 그래서 청와대 민정부서에서 사정 정국을 주도했는데……."

진우는 서필규의 말에 집중하기 시작했다.

"서울중앙지검 특수부에서 야당에 칼을 들이미는 와중에 남부지검에서 사건이 터진 거지."

"사건이요?"

"그래, 청와대에서 원하던 사정 정국은 야당 길들이기였는데 검찰이 앞장서서 신나게 야당을 때리던 도중에 남부지검에서 기업 비리 조사하다가 기업의 임원이 여당 의원에게 돈을 줬다고 불어버린 거야."

"그 여당 의원이 기사에 나온 이진섭이고요?"

"그렇지. 갑자기 야당 길들이던 정국이 저 기사 한 방에 '여당도 똑같은 놈들이다!'라고 넘어가 버린 거지. 사정없이 두들겨 맞던 야당도 그때 숨을 돌리고 여당과 검찰, 더 나가서 청와대를 공격하기 시작했고."

진우는 의아한 표정으로 서필규를 향해 물었다.

"그런데 왜 사건이 검찰 발표가 아니라 기사로 먼저 나왔던 걸까요?"

"박대성 때문이야."

"박대성 검사장이요?"

"그래. 그 당시에 이진섭을 조사하던 특수부 수사를 박대성이 찍어 누른 거지 더는 수사하지 말라고, 너도 알다시피 특수부 검사들이 위에서 찍어 누르는 거 누구보다 싫어하잖아. 감히 특수부가 수사하는데! 힘으로 찍어 눌러? 이런 거 말이야. 그래서 기자 불러서 흘린 거지. 이진섭이 기업 돈 받아먹었다고."

진우는 이 사건의 흐름이 어느 정도 정리되는 것 같았다.

당시 남부지검장 박대성이 수사에 외압을 가했고, 특수부 검사들이 반발을 한 건이었다.

"그런데 이 사건이 흐지부지된 건 VIP 의중이라는 소문이었어. 당시에 사건 흘린 남부지검 특수부 차장부터 부장까지 싹 다 옷 벗었거든."

"결국, 이진섭은 그냥 빠져나간 거고요?"

"그렇지. 이진섭이 누구야? VIP 심복 아니냐. 아마 이번 정권에서 특수부 출신들이 총장직 못 다는 건 이진섭의 입김이 상당할 거다."

서필규의 설명에 진우는 고개를 끄덕였다. 이진섭과 박대성의 친분은 알고 있었지만, 이런 사건의 내막은 진우도 처음 듣는 얘기였다.

모르긴 몰라도 이때부터 두 사람의 유대감은 더욱더 강해졌을 것이다.

자신이 연루된 사건을 덮어준 동창 박대성의 존재가 이진섭은 앞으로도 도움 될 것이라고 봤을 테고.

"그나저나, 이 기사를 들고 온 이유가 뭐야?"

"그 기자분을 소개받고 싶어요."

"시사리뷰 장 기자?"

"네. 장원식 기자님이요."

"아…… 나도 알긴 아는데…… 여간 또라이가 아니야. 그 당시 특수부 검사들이 그 많은 기자들 두고 장원식 부른 이유가 뭐겠냐? 그냥 또라이니까 불러서 흘린 거야."

서필규는 장원식을 떠올리며 치가 떨린다는 듯 몸을 부르르 떨다가 입을 열었다.

"어쨌든 소개는 해줄 수 있는데. 왜? 중수부에서 이 사건 맡는 거야? 오래된 사건인데 지금 판다고 뭐가 달라지겠어?"

서필규의 물음에 진우는 고민하다 입을 열었다.

"대비하려고 합니다."

"대비? 아! 그렇지…… 박대성이 총장 되는 순간 특수부 탄압이 시작될 거고 그럼 중수부가 제일 먼저 얻어맞겠지……."

"네. 그냥 밀려날 수는 없으니까요."

"근데, 그건 알겠는데. 그걸 왜 네가 해?"

"권태영 중수부장과 손을 잡았습니다."

진우의 말에 서필규는 놀란 표정을 지었다.

✻

「청와대, 박대성 검찰총장 임명 강행.」

「위장전입, 아들의 군 면제 문제…… 석연치 않은 의혹 두고 박대성 신임 검찰총장 취임.」

「박대성 검찰총장 “검찰 내부의 적들이 더 위험.” 검찰 내부 비리 척결 시사.」

「박대성 검찰총장, 취임사에서 대대적 사정 예고.」

한 달 후, 청문회 과정에서 여러 의혹이 터져 나왔지만, 대통령은 그에 아랑곳하지 않겠다는 듯 검찰총장 임명을 강행했다.

“어제 임명식에서 박 총장의 말을 듣는데 그냥 소름이 돋더라고요.”

중수부 부장실, 진우와 권태영, 그리고 이재윤은 오늘자 신문의 헤드라인을 보며 대화를 나누고 있었다.

“선배도 그 자리에 저랑 같이 있었잖아요. 검찰 내부의 적들이 더 위험하다고 말하는데. 아! 이거 우리한테 하는 말이구나 생각이 들더라니까요?”

이재윤은 전날 열린 검찰총장 취임식에서 박대성이 한

말을 떠올리며 권태영을 향해 말을 이어나갔다.

"아니, 뭐 검찰 내부의 비리 검사들을 때려잡겠다고 한 말이라고 다들 그러는데, 어디 그 말이 그 말이겠어요? 내 말 안 들으면 다 비리 검사 낙인찍어서 내보내겠다고 협박한 거지."

이재윤의 말에 권태영은 고개를 끄덕였고, 이재윤은 계속해서 이야기를 이어나갔다.

"생각해 보면, 유태호 선배 식구들 날린 게 박대성이잖아요. 그때 그 남부지검에서 이진섭 수사하겠다고 했을 때 수사 흐지부지되고 차장검사랑 부장검사 옷 벗었잖아요. 기억나세요?"

"그래."

"그거 다 유태호 선배 식구들이었잖아요. 유태호 선배가 그걸로 들이받았다가 깨갱 하고, 검찰총장 정무진한테 내주고 옷 벗었잖아요."

이재윤은 그렇게 말하며 진우를 슬쩍 바라보았다.

"현 프로는 잘 모르겠지만, 검찰 내부에 그런 일들이 좀 있었어. 어쨌든, 박대성이 지금 우리 특수부에 따르거나 죽거나 양자택일하라고 하는 거고."

"저도, 그 사건 알고 있습니다."

"안다고?"

진우의 말에 권태영과 이재윤은 흥미롭다는 듯 진우를

바라보았다.

"네. 마침 제가 준비한 대응책도 그 일이고요."

진우는 그렇게 말하며 보고서를 권태영과 이재윤에게 건넸다.

한참 보고서를 읽어 내려가던 권태영은 서류를 내려놓고는 진우를 바라보았다.

"오래된 사건이라 힘들 텐데? 특히 이진섭에게 돈을 줬다는 그 기업인은 이미 모든 형을 다 살고 나왔는데 협조하겠어?"

진우는 권태영의 물음에 테이블 위에 작은 녹음기 하나를 올려두고 재생 버튼을 눌렀다.

[이진섭이 먼저 나한테 돈이 좀 필요하다고 했어요.]

[이진섭 의원이요?]

[예. 이번 선거에 상대 당이 자신을 죽이려고 자객 공천을 했다. 이번 선거엔 돈이 좀 많이 필요하다고 넌지시 말해오더라고요. 그게 무슨 뜻이겠어요? 네가 돈 좀 해와라. 이런 거지.]

[그래서 돈을 줬고?]

[예, 뭐 우리도 이진섭네 지역구에 사업을 벌여놓은 게 있으니까. 기름칠 좀 하면 괜찮겠구나 싶어서 현금으로 5억 내가 줬어요.]

“이게 뭐야?”

녹취록을 듣던 이재윤은 놀란 듯 진우에게 물었다.

“당시 이진섭에게 돈을 준 그 기업인의 녹취록입니다.”

“그래, 그건 정황을 보니 알겠는데. 이게 어디서 나온 거야?”

“최초 보도한 장원식 기자가 가지고 있던 녹취록입니다. 당시에 이 사건을 터뜨리려고 했는데, 주변에서 압박이 들어오더랍니다.”

“장원식? 시사리뷰 또라이잖아.”

“네. 이게 후속 보도로 나갈 기사였는데, 첫 기사가 터진 이후로 본인을 포함한 가족들까지 이상한 미행이 붙었다고 합니다.”

진우의 설명에 권태영과 이재윤은 인상을 쓰며 집중하고 있었다.

“그 이후 신변에 위협을 느낀 장 기자는 대통령 퇴임 이후 사건을 터뜨리기 위해 보관해 뒀던 녹취록이라고 했습니다.”

“현 프로, 너 장원식 만났어?”

“네. 이진섭을 잡기 위해서 떠오르는 사건은 그 사건뿐이었습니다. 실제로 마무리도 흐지부지 묻히듯 끝난 사건이었고요.”

진우와 이재윤의 대화를 지켜보던 권태영은 고개를 끄

덕이며, 진우를 바라보았다.

"이 사건을 우리가 판다고 하면 박대성은 또다시 덮으라고 할 텐데?"

"당시 남부지검장이었던 박대성이 외압을 지시한 검사가 현재 고양지청장입니다."

"그래, 박대성의 오른팔이지."

"타고 올라가시죠. 검찰 내부의 적을 잡겠다는 박대성 총장의 취임사에 걸맞은 사건 같습니다."

진우의 말에 권태영은 만족스럽다는 듯 손뼉을 치며 진우를 바라보았다.

"좋아. 그럼 시작해 보지. 내가 제일 먼저 할 일은 뭐지?"

"군불을 때야 합니다. 당시 남부지검에서 수사하다 옷 벗은 차장검사와 부장검사를 동원해 주십시오."

"두 사람을 동원해서 어떻게?"

"야당에 자료를 넘기는 게 좋겠네요. 군불을 때는 데 정치권만큼 좋은 스피커가 있겠습니까?"

"좋아. 당장 시작하지. 이 과장."

"네, 선배."

"박대성 오른팔부터 타고 올라가자고, 당시 2008년 사건 수사자료 현 검사와 같이! 전부 검토 시작해."

"네, 알겠습니다."

권태영의 명령에 진우와 이재윤은 자리에서 일어나 고

개 숙여 인사하고는 부장실 밖으로 발걸음을 옮겼다.

*

"선배님, 취임 축하드립니다."

대검찰청 검찰총장실, 박대성 검찰총장은 자신의 후배인 대검 기획조정부장과 독대를 나누고 있었다.

"선배님께서 검찰총장 후보에 지명되었다는 소식을 듣고, 얼마나 통쾌했는지요. 특수니 공안이니 그동안 고개 쳐들고 어깨에 힘주고 다니던 놈들 찍소리도 못하고 있지 않습니까?"

"하하하, 이 친구 그동안 대검에서 힘들었나 보고만?"

"아유, 말도 마십시오. 이것들이 앞에서는 선배님, 선배님 하면서도 우리를 그간 얼마나 무시했습니까?"

"그래도 자네 같은 친구들이 대검에서 버티고 있으니까 우리 쪽 젊은 검사들이 힘을 내는 거야."

"아이고, 선배님…… 아니, 총장님께서 그렇게 말씀해 주시니 몸 둘 바를 모르겠습니다."

기조부장은 그간 대검에서 받은 설움들을 모두 기획통 선배인 박대성에게 털어놓고 있었다.

"그나저나, 내가 자네를 부른 건 내가 수원에 있다 보니 요즘 중앙 사정을 잘 몰라서 불렀어."

"요즘은 누구 하나 잘 나가는 놈이 없습니다."

"그래?"

"예. 전임 총장이 형사부 출신이다 보니 기가 막히게 중간에서 조율했었습니다. 말년에 조금……."

"조금? 괜찮아. 터놓고 말해봐."

"예. 말년에 조금 중수부 쪽으로 힘을 실어줬습니다."

"그래?"

"예. 생각하니 또 화가 나려고 하는데…… 경찰과의 수사권 조정 정국을 원래 제가 주도했습니다."

"그렇지, 그거야 우리 기획통에서 할 일이니까 말이야."

박대성이 공감한다는 듯 얘기해 주자 기조부장은 드디어 자신의 편을 만났다는 듯 모든 얘기를 털어놓기 시작했다.

"제 말이 그겁니다. 우리의 일인데 갑자기 중수부에서 치고 들어오더니 수사 지휘권을 지킨 게 권태영의 공으로 둔갑이 되었습니다."

"그래? 나는 밖에서 듣기로는 권 부장이 그 안을 제시한 거라고 들었는데?"

"아휴, 총장님. 권태영이 그런 생각을 하는데 우리 기획이 그런 안을 생각 못 했겠습니까?"

"그건 그렇지."

박대성은 펄쩍 뛰며 얘기하는 기조부장을 보며 고개를 끄덕여 주었다.

“그래서 지금 대검에서는 권태영이 어깨에 힘을 빡 주고 다닙니다.”

“중수부에 힘이 실렸다는 말이구먼.”

“예. 특수 쪽 애들 성격은 총장님께서도 잘 아시지 않습니까? 그 남부지검에서…….”

기조부장은 무의식적으로 얘기를 하다가 박대성의 표정이 굳어지자 자신이 실수했다는 걸 느끼고는 입을 꾹 다물었다.

“죄송합니다. 실언했습니다.”

“괜찮아. 하던 얘기 계속해 봐.”

“특수 쪽과 총장님은 악연도 있고…… 아무래도 총장님을 탐탁지 않게 여기고 있을 겁니다.”

“그래?”

“거기다가 검경 수사권 조정 국면에서 검찰의 영웅이 된 권태영은 지금 세상 무서울 것이 없을 겁니다.”

기조부장의 말에 박대성은 고개를 끄덕였다. 자신과 특수 쪽의 악연은 기조부장의 말이 맞았으니까.

“그래서, 자네는 내가 어떻게 했으면 좋겠나?”

“권태영을 한번 테스트해 보시죠.”

“테스트?”

“네. 총장님께서 부정부패와의 전쟁을 선포하지 않으셨습니까? 중수부 건너뛰고 사건을 배분하시지요.”

보통 부패 사건의 지시 수사는 대검 중수부가 맡는 것이 관례였다. 지금 기조부장은 중수부를 패싱하라 박대성에게 말해오고 있었다.

"그리고, 권태영의 반응을 지켜보시는 겁니다. 권태영이 반발하면 총장님 사람이 아니니 쳐낼 명분이 생기는 것이지요."

"권 부장이 조용히 있으면?"

"더 좋은 것 아니겠습니까? 특수 쪽에서도 총장님을 인정한다는 것이니 말입니다."

"하하하, 그래. 참으로 묘수네. 묘수야."

자신이 낸 의견을 검찰총장 박대성이 마음에 들어 하자 기조부장은 신이 난 듯 이야기를 이어나갔다.

"만약 권태영이 말을 듣지 않는다면 이참에 본보기로 확실하게! 찍어 누르는 게 좋을 것 같습니다. 특수부뿐 아니라, 공안부도 총장님께 덤빌 의지를 잃어버리도록요."

기조부장 자신은 권태영을 아주 잘 안다고 생각했다.

권태영은 아마도 총장의 의견에 반발할 것이다. 자신이 아는 권태영은 그런 인간이었으니까.

총장이 권태영을 찍어낸다면 수사권 조정 국면에서 권태영이 자신의 뒤통수를 친 일도 복수할 수 있으리라 생각했다.

"좋아. 그렇게 한번 해보겠네. 만만한 사건 하나 찾아서 보고해."

"네. 오늘 안으로 보고서 올리겠습니다."

박대성의 말에 기조부장은 자리에서 일어나 고개를 숙이고는 총장실 밖으로 발걸음을 옮겼다.

그 모습을 한참 지켜보면 박대성은 기조부장이 나가자 피식 웃음을 터뜨렸다.

"저리도 속내를 다 드러내서야. 쯧쯧."

박대성은 기조부장의 성격을 잘 알고 있었다. 모르긴 몰라도 기조부장은 권태영에게 아주 큰 적개심을 가지고 있었을 것이다.

박대성은 그 점을 이용했다.

박대성에게는 권태영을 찍어낼 명분이 필요했고, 그 명분은 방금 기조부장과의 대화에서 챙길 수 있었다.

자신이 권태영을 찍어내도 기조부장과 같이 권태영에게 악감정을 가지고 있는 간부들이 앞장서서 박대성 자신의 명분을 떠들고 다닐 테니까.

"권태영이라…… 적을 너무 많이 만들었어."

박대성으로서는 검찰 조직을 장악하기 위해서는 중수부장과 공안부장에 자신의 사람을 앉혀야 했고, 첫 대상은 중수부장 권태영이었다.

박대성은 생각을 마치고는 테이블 위에 있는 전화를 들어 올렸다.

"중수부장이랑 약속 잡아. 내일 저녁이 좋겠어."

다음 날 저녁, 서초동 모처.

대검 중부수장 권태영은 전날 검찰총장 박대성이 자신과 식사를 하고 싶어 한다는 총장 비서의 연락을 받고 약속 장소에 먼저 나와 대기 중이었다.

'부장님, 아마도 오늘 약속 자리에서 박 총장은 부장님을 도발할 겁니다.'

'도발?'

'네. 무슨 말을 해올지는 저도 모르겠습니다만, 어쨌든 부장님을 압박하려 할 겁니다. 총장께서 어떤 말씀을 하시든 그 자리에서는 참으시는 것이 좋을 것 같습니다.'

권태영은 총장과 만남을 진우에게 얘기했고, 진우는 자신을 향해 그렇게 충고해 왔다.

'도발이라…….'

진우의 말을 두고 권태영이 한참 고민하고 있을 때, 방문이 열리며 검찰총장 박대성이 들어왔다.

"총장님, 오셨습니까?"

권태영은 자리에서 벌떡 일어나 박대성을 향해 고개를 숙여 인사했다.

"이 친구야, 허리 다쳐. 앉지."

박대성은 자리에 앉으며 그리 말했고, 두 사람은 마주 보고 앉았다.

"내 취임식 상견례 때 자네한테 할 말이 있었는데, 아무래도 그 자리에는 다른 부장들도 있고 하니 따로 자리를 마련했네."

권태영은 입을 꾹 다물고 박대성의 말을 듣고 있었다.

"자네가 검경 수사권 조정 국면에서 열심히 일한 거, 나도 수원에서 들어서 잘 알고 있네."

"제가 한 게 있겠습니까? 다 전임 총장님의 배려 덕분이지요."

권태영은 정무진의 얘기를 꺼내며 박대성을 떠보는 듯했다.

"하하하, 그래. 정 총장님은 대단하신 분이지. 밥 먹으면서 대화하는 게 어떻겠나?"

"총장님 편하신 대로 하시지요."

박대성은 연신 웃는 얼굴로 음식을 주문했고, 얼마 지나지 않아 음식이 나오자 두 사람은 식사하며 이야기를 나누기 시작했다.

"그래, 요즘 중수부에서는 무슨 사건을 맡고 있나?"

"따로 맡고 있는 사건은 없습니다. 아무래도 저희 특성상 총장님의 지시만 기다리고 있습니다."

"그래? 그럼 당분간 좀 더 쉬는 게 어때?"

"예? 그게 무슨 말씀……."

뜬금없는 박대성의 말에 권태영은 놀라 되물었다.

"그동안 사정 정국도 있었고, 수사권 조정 국면에서도 자네가 나서서 처리했으니 중수부는 좀 쉬어도 되지 않겠나? 정치권에서 중수부 폐지하라는 여론이 만만치 않아."

최근 정치권에서 중수부를 폐지하라는 여론이 있긴 했다. 하지만 그것은 늘 있었던 일이었다.

"총장님, 위정자들은 늘 우리 중수부를 견제해왔습니다."

권태영은 박대성을 똑바로 바라보며 제 생각을 얘기하기 시작했다.

"위정자들이 늘 우리 중수부를 폐지하라고 말하는 이유가 뭐겠습니까? 우리 중수부가 사라진다면, 그들을 견제할 수단도 방법도 사라지니 그들은 그것을 원할 수밖에요."

"나도 알아. 하지만 이번엔 달라. 내가 청문회 때도 가장 많이 들은 질문이 중수부에 관한 질문이었어."

"총장님 아드님의 군 면제에 관한 질문이 제일 많았던 것 같습니다."

권태영의 말에 박대성의 눈가가 파르르 떨리기 시작했다.

"권 부장!"

자신을 향해 소리 지르는 박대성의 말에도 권태영은 아랑곳하지 않았다.

"총장님께서 우리 중수부를, 아니, 특수를 어떻게 생각하시는지 잘 알고 있습니다. 손톱 밑의 가시와 같은 존재로 생각하시겠지요. 그대로 둘 수는 있지만, 가만두자니 큰 화를 부를 것 같은 존재 말입니다."

"하하하, 계속해 보지."

"하지만, 우리 중수부와 특수부 검사들은 총장님의 칼입니다. 언제고 총장님께서 쥐고 휘두를 수 있는 칼 말입니다."

박대성은 당돌하게 자신을 향해 말해오는 권태영의 말에 집중했다.

"그런 총장님께서 위정자들의 의견에 휩쓸려 우리 중수부를 견제하신다면, 총장님 편은 아무도 남지 않을 겁니다."

"하하하, 자네 지금 날 가르치려 드는군."

"가르치려 드는 것이 아닙니다. 현실을……."

"그만하지. 어쨌든, 이번에 기업 비리 수사는 중앙지검 특수부에서 할 거야."

박대성의 말에 권태영은 화를 참느라 어금니를 꽉 물었고, 입가는 연신 부들부들 떨리고 있었다.

"나도 중수부를 지키려고 내린 판단이야. 자네 말대로 중수부는 내가 언제고 휘두를 수 있는 칼이니까. 내 손으로 내 무기를 버릴 수는 없지."

"하지만, 총장 하명 수사는 지금까지 우리 중수부가……."

"그건 관행이었을 뿐이지. 어쨌든, 이번 일에 중수부는 숨을 고른다고 생각하게."

박대성의 말에 권태영은 아무런 답을 하지 않았다.

"그리고, 내가 손톱 밑 가시 같은 존재로 생각하는 것은 특수부가 아니야. 바로 권 부장 자네지."

박대성의 말에 권태영의 입술이 들썩였다.

"내 명령대로 해. 만약 따르지 않겠다면, 곧 9월이네. 중수부장 옷 벗기고 어디 지방 지검장으로 발령 내달라고 법무부 장관님께 내 친히 말해줌세."

박대성은 마치 인사권을 쥐고 협박하듯 권태영을 향해 말을 해왔다.

"왜 대답이 없나? 말했듯 이번 일 한정이야. 중수부가 자주 전면으로 앞서도 좋지 않아."

"네, 알겠습니다."

권태영은 전날 자신을 향해 충고하던 진우의 말이 떠올라 작게 한숨을 내쉬고는 대답했고, 박대성은 그의 답이 마음에 든다는 듯 껄껄 웃었다.

"자, 그럼 식사 마저 하지."

박대성은 그렇게 말하며 식사를 이어나갔고, 권태영은 박대성에 대한 적대감을 숨기고는 식사를 이어나갔다.

"그러니까 모든 정황을 종합해 보면, 그 당시 수사를 총지휘했던 차장검사를 날려버리고, 현재 고양지청장을 차장검사로 앉혔네."

"네. 그리고 그를 이용해서 이진섭을 불구속기소 했고, 기소도 축소했습니다."

한편, 진우와 이재윤은 중수부 사무실에서 도시락을 먹으며 이번 사건에 대한 자료들을 정리하고 있었다.

"공판 내용을 보면 증거도 제대로 제출하지 않은 것 같고요. 모든 것은 이진섭 무죄에 초점을 맞추고 수사를 진행한 것 같습니다."

"이것들이 검사야? 어디서! 이러니까 우리한테서 기소권을 뺏으라 어쩌라 하지!"

검사는 수사 과정에서 취합한 범죄 사실을 가지고 법원에 재판을 청구할 수 있는 기소권을 독점하고 있었다.

"이 사건만 보면 우리가 기소권을 뺏겨도 할 말이 없다. 봐주기 수사도 이런 봐주기 수사가 없네."

기소해야 할 범죄 사실을 기소하지 않거나 축소하는 것이야말로 검사가 가진 가장 큰 힘이었다.

두 사람이 한참 얘기를 나누고 있을 때, 이재윤의 휴대전화에서 진동이 울렸고, 이재윤은 휴대전화를 꺼내 들고는 통화 버튼을 눌렀다.

"네, 부장님."

이재윤의 입에서 부장님이란 소리가 나오자 진우는 고개를 들어 이재윤을 바라보았다.

"현 검사랑 사무실에 있습니다. 네, 정리 끝났습니다. 네, 알겠습니다."

이재윤은 휴대전화를 내려놓고는 진우를 바라보았다.

"부장님 곧 들어오신단다. 목소리가 착 가라앉으신 걸 보니 총장이랑 얘기가 잘 안 됐나 보다."

이재윤은 그렇게 말하고 한숨을 내쉬며 자리에서 일어났다.

"뭐 해? 전쟁 준비해야지."

이재윤의 말에 진우도 굳은 표정으로 자신의 자리로 돌아가 권태영에게 보고할 보고서를 정리하기 시작했다.

✻

"……그러니까 기소를 완전히 축소한 거군?"

"네. 해야 할 기소들을 제대로 하지 않으니 재판 결과는 보나 마나 무죄로 나왔고요."

늦은 밤, 대검찰청 7층의 불은 꺼지지 않고 있었는데 검찰총장 박대성과 대화를 마치고 온 권태영은 진우와 이재윤에게 보고를 받고 있었다.

"그 당시에 우리는 왜 몰랐을까요? 이 정도 건이었으면 내부에 소문이 돌 만도 한데."

"보고체계가 다 박대성의 사람인데 밖으로 새어 나올 리가 없지."

"아니, 아무리 그래도 그렇지…… 특수부를 뭐로 보고……."

"지금도 총장으로 취임하자마자 우리부터 길들이는 걸 보면, 박대성은 우리 특수가 자신의 가장 큰 적이라고 보고 있는 것 같아."

이재윤의 물음에 권태영은 그렇게 답하고는 진우를 바라보았다.

"네 말대로 당시에 박대성에게 찍혀서 옷 벗은 차장검사님과 부장검사님의 증언 확보했다. 바로 야당 쪽으로 넘기면 되나?"

권태영의 물음에 진우는 고개를 가로저었다.

"한 달만 더 참으시죠."

"한 달?"

"네. 곧 검찰 정기 인사입니다. 이 모든 것들이 부장님께서 중수부장 자리에 있으셔야 가능한 일입니다."

"하지만, 제보의 무게를 봤을 때는 바로 넘기는 게……."

"지금 정치권에 넘기더라도 아마 터뜨리지 않을 겁니다."

확신에 가득 찬 진우의 말에 권태영과 이재윤은 의문스럽다는 표정으로 진우를 바라보았다.

"다음 달에는 국회에서 큰 이벤트가 있거든요."

"이벤트?"

"네. 국정감사 말입니다."

진우의 말에 이재윤은 손가락을 튕기며 진우를 향해 입을 열었다.

"맞아. 모든 시선이 국회로 쏠리는 시기."

"네, 제보의 크기가 큰 건일수록 국정감사로 끌고 가고 싶어 할 테죠."

"선배, 괜찮은데요? 국정감사라면 박대성 총장 불러다 놓고 국회의원들이 막 쪼아댈 텐데. 그것도 나름대로 볼만할 거고요."

이재윤마저 진우의 의견에 동조하자 권태영은 고개를 주억거렸다.

"한 달…… 한 달만 더 참으라. 인내심을 요구하는군."

"참고 기다리는 것도 실력이라는 말 언젠가 배운 적 있습니다."

"하하하, 그래 참고 기다리는 것도 실력이지. 특수부 수사란 거 그런 거지……."

권태영은 웃으며 대답하면서도 뭔가 만족스럽지 않은 표정이었는데, 진우는 그런 권태영을 보며 다시 입을 열었다.

"총장께서 중앙지검 특수부로 하명 수사를 내려보내셨다고 하셨습니다."

"그래, 기업 비리 조사라는데……."

"총장 하명 수사의 어려움이라는 부분을 전직 특수부 검사님 회고록에서 읽은 적이 있습니다."

"하하, 그런 것도 읽나?"

"네. 아무래도…… 특수부가 처음이다 보니."

진우의 답에 권태영은 웃으며 고개를 끄덕였다.

"그래, 총장 하명 수사란 것이 쉽지만은 않지. 평생 특수부 검사로 살아오며 했던 일들을 뒤로 두고 총장의 입맛대로 수사를 해야 한다는 게 여간 어려운 일이 아니야."

권태영은 계속해서 말을 이어나갔다.

"보통 압수수색도 부장 선에서 결재가 떨어지면 법원에 영장 청구하는 것이 대부분이지만, 총장 하명 수사는 모든 결재가 총장 라인까지 올라가야 하지. 여간 까다로운 게 아니야."

"그렇다면 그 부분에서 중앙지검 특수부에서 불만이 흘러나오지 않을까요? 부장님께서 그렇게 말씀하실진대, 일선 특수부 검사들은 어떨까요?"

진우의 물음에 권태영은 흥미롭다는 표정으로 진우를 바라보았다.

"일선 특수부 검사들의 불만, 국정감사에서 정치인들의

압박. 이 두 가지가 만난다면 제아무리 총장이라고 하더라도 우리 수사를 막을 수 없을 것 같습니다. 마침 전국 특수부 부장검사 회의도 그 시기고요."

진우의 말에 권태영과 이재윤은 이 사건의 모든 흐름이 눈앞에 그려지는 듯 웃으며 고개를 끄덕였다.

"좋아. 모든 그림이 그려졌으니, 참고 기다려 보지. 그리고 두 사람."

권태영은 무언가 결심한 듯 굳은 표정으로 두 사람을 바라보았다.

"우리는 현직 검찰총장과 싸움을 시작하는 거야. 지면 옷 벗을 각오쯤은 해두는 게 좋을 거 같다."

권태영의 말에 진우는 고개를 끄덕였고, 이재윤 결심이 선 듯 작게 한숨을 내쉬고는 고개를 끄덕였다.

*

"검사장님, 아주 그냥 죽겠습니다."

한 달 후, 대검 중수부장실에는 의외의 손님 한 명이 찾아왔다.

"김 부장, 다짜고짜 그러지 말고. 하나씩 얘기해 보지."

중앙지검 특수1부 부장검사가 중수부장 권태영을 찾아왔다.

"총장께서 우리 자존심을 건드려도 웬만하면 참고 수사하려고 했는데, 압수수색 정보까지 사전 유출되고 그냥 죽을 것 같습니다."

"압수수색 정보가 사전 유출되다니?"

권태영은 중앙지검 특수부장의 말에 놀란 표정으로 되물었다.

"이번에 성진그룹 비리 사건 수사하는 게 총장 하명 수사가 아닙니까?"

"그렇지."

"압수수색 영장 딱 받고, 저희가 성진그룹 압수수색 나간 게 새벽 여섯 시입니다."

"여섯 시?"

"네. 비밀 딱 유지하고, 바로 덮쳤어요. 그런데 수색 범위에 정말 아무것도 없는 겁니다."

"그래? 정보는 자네랑 주임검사만 알고 있었다며?"

"한 사람 더 있죠. 우리는 보고체계 다 젖히고, 총장한테 직속으로 보고했으니까요."

부장검사의 말에 권태영은 더 이야기해 보라는 듯 가만히 있었다.

"어쨌든, 압수수색을 하러 갔더니 아무것도 없어요. 근데 그 시간에 누가 컴퓨터를 한 대 들고 막 어디로 가는 거 아닙니까?"

"누가?"

"그 회사 직원으로 보이는 사람이요. 그래서 뒤를 땄더니 그 회사 6층으로 들어가더라고요. 아, 저기다 싶어서 저는 그 자리 지키고, 주임검사 보내서 압수수색 장소를 변경해서 영장 쳤죠. 세 시간 만에 영장 나와서 바로 6층 들어갔더니 글쎄, 그 회사 컴퓨터란 컴퓨터는 다 거기에 모여 있더라니까요."

"압수수색 범위를 미리 알고 다 옮겨놓았구먼."

"예, 제 말이 그겁니다. 어쨌든 그 컴퓨터들 다 압수해서 지검으로 복귀하는데 총장한테 전화가 온 거예요."

"총장한테?"

"네. 잘했다고 칭찬할 줄 알았더니 왜 자기한테 보고도 안 하고 압수수색 영장 범위를 바꿨냐고 막 뭐라고 하는 거예요. 아니, 내가 부장검사인데 압수수색 영장 치는 것도 내 권한인데…… 거기서 딱 느낀 거죠. 아…… 총장이다."

부장검사의 말에 권태영은 고개를 끄덕였다.

"이번 하명 수사 시작 때부터 이상했어요. 성진그룹이 어디예요? 우리 총장 청문회 때 연루된 곳 아니에요?"

검찰총장 임명 전 국회 청문회 과정에서 해당 기업의 회장과 박대성이 자주 모여 밥도 먹고, 테니스도 치고 한다며 의혹이 나온 적이 있었다.

"그렇지. 아무래도 이번 건은 총장이 자신은 무고하다고 털고 가려고 한 수사 같은 느낌이었고.”

“그러니까 중수부 건너뛰고 우리한테 하명 수사 꽂은 거 아니에요. 중수부는 제어 못 하니까.”

그 말에 권태영은 한숨을 내쉬었다.

“그래도 총장이 압수수색 정보를 흘렸겠어?”

“그룹 법무실장 휴대전화 확인해 보니 그냥 우리가 올 거란 거 다 알고 있었더라고요. 우리는 새벽 여섯 시에 덮칠 거라고 아무한테도 안 흘렸는데, 걔넨 잠도 못 잔다고 서로 불만 얘기하면서 우리가 오길 기다리고 있었더라니까요?”

“하…….”

“요즘 총장 하는 거 보면 우리 특수부 검사들한테 무슨 이상한 선입견이 있는 것 같아요. 우리뿐만 아니라 일선 특수부 검사들 다 앓는 소리 합니다. 이럴 때 검사장님이 나서주셔야지요.”

한참 고민하는 모습을 취하던 권태영은 고개를 끄덕였다.

“일선 검사들이 그런 심정이라면 확실히 내가 나서야겠지.”

권태영의 말에 부장검사의 얼굴은 환하게 밝아졌는데, 자신들의 처지를 이해해 주는 사람은 역시 권태영밖에 없다 느꼈다.

“검사장님께서 나서주시면, 저희 일선 특수부 검사들이

확실하게 지원사격 하겠습니다. 이러다가는 진짜 특수부 씨가 마르게 생겼어요."

"걱정하지 말고, 일단 지검으로 복귀해서 일 처리하고 있어. 곧 좋은 소식 들어갈 테니까."

"좋은 소식이요? 어떤……."

"내가 말하지 않아도 곧 자네도 알게 될 거야. 그때 가서 자네가 나를 도와줘."

권태영의 말에 부장검사는 더는 되묻지 않았다. 권태영이 그렇게 말하면 머지않아 좋은 소식이 들려올 것이라는 믿음 때문이었다.

부장검사는 자리에서 벌떡 일어나 고개를 숙였다.

"선배님만 믿고, 기다리겠습니다."

자신을 향해 고개를 숙여오는 부장검사를 보며 권태영은 웃으며 고개를 끄덕였다.

*

「야당, 검찰 국정감사 첫날부터 현직 지청장 연루 의혹 맹공.」

「고양지청장, 여당 이진섭 사무총장 뇌물사건 수사 무마 의혹 휩싸여.」

「박대성 검찰총장 알았나 몰랐나? 여당 의원들 따져 물어. 박대성 검찰총장 "보고받지 못했고, 몰랐다." 답변.」

「박대성 검찰총장, 당시 남부지검장으로 이진섭 뇌물 사건 수사 총책임자였던 것으로 알려져…….」

전날 있었던 국정감사장에서 곤욕을 치른 박대성 검찰총장은 세간의 여론은 신경 쓰지 않는다는 듯, 예정되어 있었던 전국 특수부장 회의에 참석하고 있었다.

전국 특수부장 회의는 특수수사부서의 총책임자인 중수부장 권태영을 비롯해 전국 26개 검찰청의 특수부장검사 47명이 참여하는 전국 단위 회의로 검찰총장 주재로 열리는 회의였다.

"우리 검찰 특수부가 국민의 사랑과 지지를 받기 위해서는 국민과 소통하고 만족과 감동을 주어야 합니다."

박대성 검찰총장은 자신을 바라보고 있는 특수부장들을 상대로 모두 발언을 해나가고 있었다.

"국민이 만족하고 감동할 수 있는 검찰이 되기 위해서는 기업과 정치인의 비리 수사를 철저히 해야 하며 해당 범죄로 이루어진 수익 또한 철저한 환수로 국민 여러분께 감동을 주어야 합니다. 그 일선에는 우리 중수부를 포함한 특수부서의 역할이 매우 중요할 것이라고 보입니다."

특수부장들은 전날 그런 홍역을 치르고도 아랑곳하지 않는다는 듯 저렇게 말해오는 박대성을 보고는 기가 찬다는 듯 헛바람을 삼키거나, 아예 훈시를 무시하고 앞에 놓인 자료를 뒤적거리는 부장검사도 있었다.

"검찰총장으로서 우리 특수부 부장검사님들께 부탁이 있습니다. 고위 공직자는 물론이거니와 지역 토착 비리의 뿌리를 뽑는 올 한 해가 되었으면 합니다."

박대성이 그렇게 훈시를 마치자 부장검사들은 미적지근한 표정으로 손뼉을 쳤다.

"중수부장검사장 권태영입니다. 총장님께서 말씀하신 바대로 올해 사정 수사의 방향은 지역 토착 비리를 뿌리 뽑아 검찰이 국민의 눈높이 맞추는 데 우리 특수부가 앞장서도록 노력합시다. 감사합니다."

권태영이 발언을 마치자 조금 전 박대성 검찰총장의 발언 이후와는 다르게 힘찬 박수 소리가 흘러나왔는데, 그 모습을 보던 박대성의 눈가가 파르르 떨렸다.

이후, 여러 가지 사정 수사에 대한 의견들에 대해 회의를 한 후, 일선 부장검사들이 총장에게 질의하는 시간이 다가왔다.

"그럼, 부장검사님들의 질문을 받도록 하겠습니다. 총장님께 하실 말씀이 있는 부장검사님들께서는 소속과 성함을 말씀 후 질문해 주시길 바랍니다."

진행자의 발언이 있자, 서울중앙지검 특수부 부장검사는 권태영을 슬쩍 바라보았고, 권태영은 살짝 고개를 끄덕여 주었다.

"네, 부장검사님."

진행자가 지목하자 서울중앙지검 특수부장은 자리에서 일어나 박대성을 바라보았다.

"총장님, 안녕하십니까? 서울중앙지검 특수1부 부장검사 김성환입니다. 어제 국회 국정감사 과정에서 현직 지청장과 여당의 국회의원이 연루된 수사 무마 청탁에 관한 질의를 보았습니다."

부장검사 김성환의 질문에 박대성은 불편하다는 듯 미간을 찌푸렸는데, 김성환은 아랑곳하지 않고 질문을 이어나갔다.

"해당 수사 무마 건은 우리 특수부가 관련된 것으로 신속하게 특수부에서 수사하는 것이……."

"아, 그 사건은 대검 감찰부에 지시를……."

"고양지청장과 대검 감찰부장님은 직속 선후배 사이로 알고 있습니다. 수사 회피를 해야 마땅합니다."

박대성은 자신이 무슨 답을 할지 알고 있다는 듯 꼬리를 물어오는 김성환의 말에 불편한 심기를 감추지 못했다.

"내가 직접 대검 감찰부장에게 명령했습니다. 단 한 점의 의혹도 남기지 말고, 서로 뒤 봐주기식 감찰은 용납 못 한다고……."

"총장님, 우리 특수부의 자존심이 걸린 문제입니다. 거

기다 현직 여당의 국회의원도 연루되어 있으니, 특수부가 맡아야 합니다. 부탁드리겠습니다."

김성환이 그렇게 말하며 고개를 숙이자, 가만히 그 모습을 지켜보던 권태영이 자리에서 일어나 큰 소리로 박대성을 향해 입을 열었다.

"특수부의 자존심이 걸린 문제입니다. 총장님 부탁드리겠습니다."

권태영도 그렇게 말하며 박대성을 향해 고개를 숙이자, 자리하고 있던 일선 특수부 부장검사들 또한 자리에서 일어나 고개를 숙였다.

"총장님, 부탁드리겠습니다."

마흔 명이 넘는 인원이 자신을 향해 고개 숙여 부탁하자 박대성의 표정은 순식간에 일그러져 갔다.

✱

「대검 중수부, 고양지청장 소환 조사 중 긴급 체포, 구속영장 청구할 듯…….」

「대검 중수부 "이진섭 의원 수사 무마 개입 확인…… 국회 회기 종료 후 소환 예정.」

「당시 남부지검장이던 박대성 검찰총장 정말 몰랐나? 쌓이는 의혹.」

「박대성 검찰총장 "한 치의 의혹도 남지 않도록 수사하라 지시."」

조간신문의 헤드라인을 확인하던 박대성은 크게 한숨을 내쉬며 신문을 테이블 위로 던져 버렸다.

"골치가 아프구먼……."

2주 전, 전국 특수부 부장 회의에서 40여 명이 넘는 특수부 부장들은 마치 자신을 향해 수사를 허락해 주지 않을 시 단체행동에 들어갈 수도 있다는 듯 고개 숙여 수사를 부탁해 왔다.

그리고 중수부는 마치 오래전부터 수사를 준비해왔다는 듯 자신의 재가가 떨어지자 관련자들을 소환해서 조사하더니 이윽고 자신의 오른팔마저 구속하겠다고 한 상황이었다.

"하지만 거기서 거절하셨으면 특수부에서 들고일어났을 겁니다."

머리가 지끈거리는 듯 관자놀이를 주무르는 박대성을 향해 기조부장은 걱정된다는 말투와 표정으로 말해왔다.

"그래, 나도 그러니 허락했는데…… 이 정국을 어떻게 파훼해야 할지 답이 없어."

"고양지청장은 어떻게 됐습니까?"

"그 친구, 그래 봬도 나랑 15년 지기야. 눈치가 있는 친굴세…… 자기 선에서 한 거라고 진술한 것 같은데…… 중수부 놈들이 거기서 그치겠나?"

고양지청장은 끝까지 자신이 자의적으로 판단해 수사를 무마했다며, 박대성과 국회의원 이진섭의 개입을 부정했다.

두 사람이 한참 대화를 나누고 있을 때, 박대성의 휴대전화에서 진동이 울려왔고 발신인을 확인한 박대성은 길게 한숨을 내쉬고는 통화 버튼을 눌렀다.

-내가 이러려고 자네를 검찰총장으로 밀어 올린지 아나!

전화를 받자마자 들려오는 이진섭의 노성에 박대성은 미간을 찌푸리고는 입을 열었다.

"소리 지르지 말게, 지금 자네만 곤란한 게 아니야."

-이 친구야! 이리도 답답해서 어쩌나? 내가 자네에게 부탁한 게 뭔가? 특수부부터 휘어잡으라고 하지 않았나!

"그게 어디 쉬운 일인가?"

-참, 이 친구 답답하네. 지금이라도 중수부장만 날리면 되는 거 아닌가?

이진섭의 말에 박대성은 아무런 반박을 하지 못했다.

이 정국을 해결할 방법은 중수부장 권태영을 날려 버리고, 자신의 사람을 수사 책임자로 임명하는 방법밖에 없다는 것을 자신도 알고 있었기 때문이다.

"나를 좀 믿고 기다려 주게, 자네한테 피해가 가지 않게 할 테니."

-이미 언론 보도만으로도 나는 죽일 놈이야! 잘 처리하게.

이진섭은 소리를 지르고는 전화를 툭 끊어버렸고, 박대성은 연신 마른세수를 하며 이 상황을 타개할 방책을 생각했다.

“권태영을 날리시지요.”

고민에 빠져 있던 박대성을 향해 기조부장은 굳은 표정으로 조언하기 시작했다.

“사면초가에 빠지신 총장님께서 지금 이 정국을 타개할 방법은 그것뿐입니다.”

“나도 알아! 그런데 지금 권태영을 날렸다간 전국에 있는 특수부 부장들이 다 들고일어날 걸세.”

“그 친구들이 반발할 수 없는 사건을 하나 만들면 됩니다. 권태영을 쳐낼 수밖에 없는 사건요.”

기조부장의 말에 박대성은 의문스럽다는 표정으로 그를 바라보았다.

“얼마 전에 총장께서 성진그룹 비리 조사를 서울지검 특수부에 수사하라고 지시하신 적 있죠?”

기조부장의 물음에 박대성의 미간은 찌푸려졌다.

“그게 왜?”

“제가 좀 알아보니까 중앙지검 특수1부장이 중수부장에게 따로 보고한 것 같더라고요. 수사 진행 상황을.”

“그래? 그런 일이 있었어?”

"확실하지는 않습니다. 그저 두 사람이 중수부장실에서 만났다는 것만 파악한 상황이니까요. 그걸 기회로 쓰시지요?"

"기회로 쓰다니? 확실하지 않은 걸로 어떡하란 말인가?"

박대성은 기조부장의 말이 이해되지 않는다는 듯 되물었다.

"보고체계에서 벗어난 자에게 중앙지검 특수부장은 보고했습니다. 그리고 최근 들어보니 압수수색 내용이 기업 법무실 쪽으로 흘러 들어간 정황이 있나 보더라고요. 그런 일은 중수부장이 아니라 총장님께 직보해야 하는 것 아닙니까?"

순간 박대성은 표정을 찌푸렸다가 이내 내색하지 않으려는 듯 굳은 표정을 지었다.

"그래?"

"네. 현직 중수부장의 수사 내용 유출 어떻습니까? 감찰 내용으로도 딱 맞고, 언론에 흘리기도 딱 맞고요. 정국을 확 전환해 버릴 수 있습니다. 특수부 검사 입장에선 특수부의 수장이 수사 정보를 흘렸다는 소식을 들으면 권태영을 죽이려 들 겁니다."

"하지만 사실이 아니라면?"

"하하하, 사실이 아니어도 무슨 상관이겠습니까? 우리가 하려는 건 국면전환인데요. 그리고 감찰 도중에 별건으로 다른 건이 튀어나올지 누가 알겠습니까? 그저 지금 권태영이 수사에서 손을 떼게 만드는 게 제일 중요한 것 같습니다."

기조부장의 말에 박대성은 고개를 연신 주억거렸다.

지금 수사 상황에서 권태영만 잠시 배제해 둔다면, 자신이 중수부를 쥐고 흔들 수 있으리라 생각했다.

"이 감찰로 중수부와 권태영의 이미지를 한 번에 하락시키는 겁니다. 그리고 수사도 총장님께서 원하시는 곳으로 이관시키면 결과도……."

"하하하, 중수부와 권태영의 이미지를 하락시키자?"

"네, 그러면 중수부 폐지론이 정치권에서 다시 고개를 들 테고 총장님께선 그 의견에 동조하시면 될 것 같습니다. 앓던 이를 뽑아버리는 거지요."

기조부장의 말이 끝나자 박대성은 국면을 전환시킬 좋은 수를 찾았다며 껄껄 웃으며 크게 손뼉을 쳤다.

*

"고양지청장 구속영장 떨어졌습니다."

"좋아! 잘했어."

중수부 사무실, 대검 중앙수사부의 모든 구성원이 모여 수사에 대한 회의를 진행하고 있었다.

"1과장 수고했어."

"아닙니다. 겨우 구속일 뿐인데요."

"현직 지청장을 구속하는 게 어디 쉬운 일이야? 수사가 한결 수월해지겠어. 칭찬받아 마땅한 일을 했어."

"감사합니다."

법원에 청구한 고양지청장의 구속영장이 발부되자 수사에 급물살을 타기 시작했고 권태영은 고양지청장을 수사한 1과장을 칭찬하고 있었다.

"3과장."

"네, 부장님."

"국회 회기가 얼마나 남았지?"

"이틀 후 종료됩니다."

"좋아. 시기 맞춰서 체포영장 발부받고, 국회로 국회의원 영감님 모시러 간다."

국회의원은 현행범이 아닌 이상 회기 중 체포나 구속이 되지 않는 면책특권을 가지고 있었다.

물론 국회의 동의를 받으면 체포를 할 수 있었지만, 회기가 얼마 남지 않은 관계로 이틀 후, 3과장이 국회의원 이진섭을 체포해 조사할 예정이었다.

"이 과장."

"네, 부장님."

"따로 조사하는 건 어떻게 되고 있어?"

“법무실장이라는 양반 아주 그냥 입에 자물쇠 제대로 채웠어요. 계속 묵비권 행사 중입니다.”

진우와 이재윤은 권태영의 명령으로 성진그룹 법무실장을 조사하고 있었다.

압수수색 정보가 미리 흘러나간 건에 박대성이 연루되어 있을 거라 생각하고 시작한 건이었다.

“뭔가 스모킹 건이 하나 있으면 입을 열 것 같은데. 지금은 그냥 자물쇠 채웠어요.”

“자기네들끼리 문자메시지를 주고받은 내역이 있다며?”

“네. 새벽에 나올 수도 있으니 힘들어도 참아라…… 뭐 이런 내용인데 그 부분은 유일하게 답하더라고요. 야간 업무 지시였다고요.”

“일단 법무실장 주변부터 타고 올라가겠습니다.”

두 사람의 대화를 지켜보던 진우는 입을 열며 이재윤의 말을 거들었다.

“주변?”

“네. 문자메시지를 주고받은 성진그룹 법무실의 사원에게 소환장 보냈습니다.”

“그래, 잘했어. 법무실장은 우리 같은 검사 출신이라 수사를 어떻게 대처해야 할지 알고 있지만, 말단 팀원은 그렇지 않겠지.”

진우의 말에 권태영은 고개를 끄덕이며 칭찬해 주고는

모두를 바라보았다.

"여러분께 확실하게 말하고 싶은 것이 있다. 이건 우리 특수부와 총장 간의 알력다툼이 아니다."

권태영이 입을 열자 회의에 참여한 모두는 결연한 표정으로 권태영의 말에 집중하기 시작했다.

"우리가 하는 일은 그저 구린내가 풀풀 나는 사람들을 잡아서 법원에 세우는 일이라는 걸 명심하길 바란다. 어떠한 공명심도 가지지 마라. 총장에 대한 적개심도 물론 가지지 말길 바란다. 살아 있는 권력에 대한 수사! 그것은 우리 특수부가 가장 잘할 수 있다는 걸 모두에게 보여줬으면 한다."

"예! 알겠습니다!"

"좋아. 회의는 여기까지."

권태영의 말에 모두가 크게 대답하고는 자리에서 일어나려는 찰나 부장실 문이 열리며 한 무리의 사람들이 부장실로 쏟아져 들어왔다.

"감찰본부에서 나왔습니다. 총장님의 감찰 명령서고요. 지금부터 중앙수사부장 권태영 검사장에 대한 감찰을 실시하도록 하겠습니다."

"뭐야!"

대검찰청 감찰본부에서 파견된 검사들과 수사관이었는데, 2과장 이재윤은 자리에서 일어나 소리를 질렀다.

"총장이 왜 중수부장을 감찰해!"

회의에 참석했던 중수부의 구성원 모두가 자리에서 일어나 감찰팀의 앞을 막아섰다.

"수사를 진행하면서 총장께 보고하지 않은 보고 누락 및 수사 중요 자료 누설 혐의가 있으므로……."

"이 새끼들이 미쳤어?"

감찰 담당 검사의 입에서 감찰 이유가 흘러나오자 1과장이 버럭대며 소리를 질렀다.

"현 시간부로 권태영 검사장에 대한 업무 배제를 명령한다는 총장님의 직인이 찍힌 명령서입니다."

감찰 담당 검사가 총장의 명령서를 내밀자 이재윤은 명령서를 낚아채 읽어 내려갔다.

"감찰 업무에 방해하시는 분들도 공무집행 방해로 긴급 체포하고 업무 배제를 하라는 총장님의 지시가 있었습니다."

감찰 담당 검사는 굳은 표정으로 모두를 바라보며 입을 열었다.

"권태영 검사장님께서는 지금부터 저희와 함께 감찰본부로 이동하셔서……."

감찰 담당 검사가 그리 말하며 권태영에게 다가가려 하자 중수부의 모든 구성원이 그 앞을 막아섰다.

"분명 말씀드렸습니다. 감찰을 방해하는 어떤……."

"비켜줘."

둘의 대치를 바라보고 있던 권태영은 중수부의 검사들을 향해 그렇게 말하며 자리에서 일어났다.

"부장님!"

"못 들었어? 비켜줘. 명령이야."

권태영은 자리에서 일어나 재킷의 단추를 여미며 감찰 담당 검사의 앞으로 걸어왔고, 그가 다가오자 중수부 검사들은 길을 비켜섰다.

"얘네도 이거 하고 싶어서 하겠어? 총장의 명령이라잖아. 같은 식구끼리 뭐 하는 짓이야?"

권태영은 그렇게 말하며 이재윤을 바라보았다.

"이재윤."

"네, 부장님."

"내가 없는 동안 네가 중수부 맡는다."

"선배!"

권태영의 말에 이재윤은 권태영을 향해 크게 소리를 질렀고, 권태영은 두 눈을 똑바로 뜨고 이재윤을 바라보았다.

"수사 진행에 차질 없도록 관리해."

"……."

"대답 안 하나?"

"예…… 알겠습니다."

"한 가지 더."

권태영의 말에 분한 듯 두 주먹을 꽉 쥔 채로 부들부들 떨던 이재윤은 권태영을 바라보았다.

“네 옆에는 현진우가 있다. 무슨 말인지 알겠어?”

권태영은 지금부터 진우와 상의하여 대응하라는 듯 이재윤을 바라보며 결연한 표정으로 말했고, 이재윤은 알았다는 듯 고개를 끄덕이며 입을 열었다.

“네, 알겠습니다.”

“그래. 너한테 모든 게 달렸다.”

권태영은 이재윤의 양어깨를 한 번 짚고는 돌아서서 감찰 담당 검사를 향해 입을 열었다.

“갑시다.”

그 말에 권태영과 감찰본부 검사들은 사무실 밖으로 나섰고, 중수부의 모든 구성원은 권태영의 뒷모습을 보며 전의를 불태웠다.

*

“이건 너무 심한 거 아니냐? 감찰본부에서 부장님 데려간 지 하루밖에 안 지났는데 이런 기사를 흘리는 게 말이 되냐고!”

「[단독] 대검 “중수부 권태영 부장, 보고 누락 및 수사 상황 유출 혐의로 감찰 중."」

「여야 한목소리로 검찰 모습에 개탄스러워…… 고개 드는 중수부 폐지론.」

「박대성 검찰총장 "중수부 폐지 포함 검찰 개혁 검토."」

이재윤은 화가 잔뜩 난 목소리로 진우를 향해 휴대전화를 내밀고는 분이 풀리지 않는지 사무실을 이리저리 돌아다녔다.

권태영이 감찰본부로 가고 난 후 중수부는 마치 초상집이라도 된 듯 다들 허탈한 표정을 짓고 있었다.

'총장이 생각보다 세게 나왔어.'

진우는 생각보다 거센 박대성의 반격에 고민에 빠졌다.

권태영은 감찰본부로 가며 이재윤에게 자신을 믿으라고 한 상황이었다.

'총장은 자신이 가지고 있는 것을 모두 이용한 상태…….'

박대성은 자신이 휘두를 수 있는 감찰권을 이용해 이진섭의 수사에서 권태영을 배제하고 정치권에서 흘러나온 중수부 폐지론을 하루 만에 검토하겠다며 답한 상황이었다.

"수사도 이관하라더라."

박대성은 거기에 그치지 않고, 중수부가 수사 중이던 이진섭에 대한 수사도 자신의 수족이 검사장으로 있는 남부지검으로의 이관을 지시했다.

"성진그룹 법무팀장의 입을 열어야 할 것 같습니다."

한참 고민하던 진우는 이재윤을 바라보며 입을 열기 시작했다.

"총장의 목을 죄면서 동시에 부장님의 의혹을 벗길 방법은 그 사람의 입을 여는 방법밖에 없습니다."

"알아, 그런데 입을 열지 않고 버티는 인간의 입을 무슨 수로 열어?"

"성진그룹 회장 소환장 날리시죠."

"뭐?"

진우의 말에 이재윤은 놀란 표정으로 진우를 바라보았다.

"그룹 법무 팀장은 자신이 다 짊어지겠다고 지금 입을 꾹 다물고 있는데 확실하게 짊어지게 만들어버리는 겁니다."

진우의 말에 턱에 손을 괸 채로 한참 고민하던 이재윤은 입을 열기 시작했다.

"그러니까 네 말은 이 건으로 성진그룹 회장에게 소환을 통보하면 법무 팀장이 입을 열거다 이거잖아?"

"네. 자의든 타의든 입을 열겁니다. 회장을 지키기 위해서요. 내가 압수수색 정보 누구한테 받았다. 내 자의적으로 판단하고 컴퓨터 옮기라고 했다. 회장에게 보고하지 않았다."

"문제는 소환장을 날리려면 결재 라인이 필요해. 우리는 지금 부장님이 없어. 그렇다는 건 총장의 결재를 받아야 한다는 건데……."

이재윤은 뭔가 답답한 상황에 놓인 게 마음에 들지 않는지 한 손으로 연신 얼굴에다 마른세수를 해댔다.

"성진그룹 법무 팀 사원에게 단 한마디만 나오면 됩니다. 미리 압수수색 정보를 알고 있는 것 같았다 같은 추상적인 답이라도 괜찮습니다."

"그런 답이 나오면?"

"그룹의 법무 팀장이든 회장이든 타고 올라가야겠죠."

"그래. 그건 나한테 맡기고, 문제는 보고 라인인데…… 대검 차장검사님은 특수부 출신이긴 하지만, 너도 알다시피 힘이 없어. 박대성 총장도 마찬가지고."

"검찰보고사무규칙 2조."

진우의 입에서 얘기가 나오자 이재윤은 재빠르게 자신의 자리로 돌아가 사무규칙을 들춰보았다.

"각급 검찰청의 장이 상급 검찰청의 장과 법무부 장관에게 동시에 하여야 한다."

이재윤이 자신을 바라보며 사무규칙을 읊어오자 진우는 이재윤을 바라보며 입을 열었다.

"다만, 특별한 사유가 있는 때에는 법무부 장관에게 보고한 후 상급 검찰청의 장에게 보고할 수 있다."

"장관에게 들고 가자고?"

"부장님이 계셨을 때는 직접 우리 중수부가 박대성 총장을 상대하는 게 가능했지만, 부장님이 계시지 않은 지금은 체급 차이가 너무 납니다."

권태영은 특수부의 총책임자와 검사장이라는 직위를 동시에 가지고 있었기 때문에 박대성과 힘겨루기를 할 수 있었지만, 권태영이 없는 지금은 중수부가 총장과 힘겨루기를 하기 힘들었다.

"그렇지."

"그렇다면 총장보다 더 상급자에게 가지고 가야겠지요. 그게 법무부 장관이고요."

"들고 가는 건 좋은데 말이야. 그다음은?"

"아마 법무부 장관은 이 일에서 총장과 우리 중수부를 손을 떼게 할 겁니다."

"손을 떼도록 만든다……."

"네. 총장과 중수부 둘 다 손을 떼고 중립 부서에서 수사를 하게 되면 총장의 죄는 금방 드러날 겁니다. 그게 우선입니다."

"그런데 다짜고짜 장관에게 직보하기도 좀 곤란한데."

"제가 지금부터 판을 좀 키우려고 합니다. 답이 없을 땐 일단 판부터 키우고 보라는 말도 있지 않습니까?"

"방법은 있고?"

진우는 결연한 표정으로 이재윤을 바라보며 입을 열었다.

"아래에서부터 위로 올라가 볼까 합니다."

"아래에서라니?"

"이러려고 한 건 아닌데…… 지금 상황에서는 최고의 도움이 될 것 같네요."

*

전주지검의 한성욱 검사는 최근 수사 도중 무언가 막힐 때마다 이프로스에 들어가는 버릇이 생겼다.

'오늘도 답글이 안 달렸네…….'

평소 무언가 막힐 때마다 법리 해석에 대해 글을 올려주던 이프로스 지식 왕은 며칠째 답글을 달고 있지 않았다.

'다른 글들도 마찬가지고…….'

자신과 똑같은 처지에 놓인 듯한 법리 해석 질문 글들 또한 아무런 댓글이 달리지 않았다.

'마지막으로 한 번 더 확인해 보고, 판례를 직접 찾아보는 방법밖엔 없겠네.'

한성욱은 그렇게 생각하며 검사 게시판을 다시 눌렀다.

[안녕하십니까? 37기 현진우입니다.]

'현진우? 지식 왕?'

낯익은 이름이 적힌 게시글 제목에 한성욱은 흥미가 당

겨 게시글을 클릭했다.

[선배, 동료, 후배 검사님들 안녕하십니까? 연수원 37기 검사 현진우입니다.]

여느 게시글과 같이 자신의 신분을 밝히고 시작하는 게시글이었는데, 글을 읽어 내려가던 한성욱의 미간은 금세 찌푸려지기 시작했다.

[저는 오늘부로 검사로 임용되던 순간부터 마음속에 품었던 '범죄가 있는데 눈을 감는다면 검사가 아니다. 수사에는 성역이란 없다.'라는 말을 마음속에서 지우겠습니다.]

한성욱은 작게 한숨을 내쉬며 마우스 휠을 아래로 내리기 시작했다.

[저는 짧다면 짧은 2년간의 검사 생활 도중 여러 선배를 봐왔습니다. 정의와 인권을 바로 세우겠다는 검사 선서는 온데간데없이 그저 윗선의 눈치를 보기에 급급한 선배들을 보며 한심하게 생각했던 적이 있습니다. 하지만 오늘 생각해 보면 그분들의 행동이 옳았던 것 같습니다.]

게시글을 쓴 현진우라는 검사는 조직 내부의 모습을 얘기해 오고 있었다.

[나대지 마라, 하고 싶은 수사가 있으면 성공하고 나서 해라. 정의를 울부짖으며 나서지 마라, 칼 맞는다. 우리는 그저 선배 검사들의 눈치만 잘 보면 된다! 네 검사 인생 조직에서 책임져 주지 않는다. 알아서 잘 살아남아라……. 선배들의 가르침을 오늘에서야 깨닫게 되었습니다.]

한성욱은 조직 내부에 물든 폐습들을 적나라하게 얘기해 오는 현진우의 게시글에 눈가가 파르르 떨렸다.

[우리 중수부는 지난 석 달을 여당 국회의원 수사 무마와 관련된 건으로 현직 지청장을 구속하는 등 수사를 진행해왔습니다. 그리고 드디어 사건의 실체인 여당 국회의원의 소환을 앞두고 중수부장에 대한 검찰총장의 감찰 명령이 떨어졌습니다.]

드디어 본론이 나오기 시작하자 한성욱은 계속해서 게시글에 집중했다.

[위의 건과 다른 건으로 중수부장은 서울중앙지검에서

실시한 성진그룹의 압수수색 정보가 유출된 것을 인지, 중수부에 수사를 지시한 상황이었습니다. 해당 건에는 현직 검찰총장이 연루되어 있을 수도 있다는 판단하에 총장께 따로 보고하지 않고, 조용히 내사하던 와중이었습니다. 하지만 총장은 자신이 연루되어 있을지도 모르는 사건을 보고하지 않았다는 이유로 보고 누락과 오히려 중수부장이 정보를 유출했다는 이유를 들며 수사 중단과 동시에 중수부장을 직무 배제하였습니다.]

"뭐야, 이 사건이 이런 거였어?"

최근 언론을 뜨겁게 달구고 있는 중수부장 감찰 건은 모를래도 모를 수가 없었다.

하지만 내면의 사건은 관계자가 아니면 잘 모를 수밖에 없었던 터라 한성욱은 충격을 받은 듯했다.

[거기서 더 나아가 총장은 여당 국회의원의 조사마저 남부지검으로 이관하며 사실상 중수부의 모든 수사를 방해하고 있습니다. 총장께 여쭙겠습니다. 총장께서는 어디까지 연루되어 있습니까?]

"허……."

당돌하게 총장에게 묻는 현진우의 글에 한성욱은 놀란

듯 입을 벌리고는 글을 읽어 내려갔다.

[당시 남부지검장이셨던 총장께서, 그토록 보고 라인을 중시해 보고를 누락했다는 이유로 중수부장을 감찰하도록 지시하신 총장께서, 여당 국회의원의 수사 무마 청탁 건을 몰랐다는 건 이해할 수 없습니다. 청문회 과정에서 나온 성진그룹 회장과 총장의 관계는 압수수색 정보가 새어 나간 것과 연관이 없습니까? 다시 한번 여쭙겠습니다. 총장께서는 어디까지 알고 계시는 겁니까?]

한성욱은 다음 내용이 궁금하다는 듯 재빠르게 마우스 휠을 내려갔다.

[총장께 여쭙겠습니다. 검찰 내부의 적이 더 위험하다고 말씀하시던 총장은 어디로 가셨습니까? 지금 검찰 내부의 가장 큰 적이 누구입니까?]

현진우라는 어린 검사는 마치 검찰 내부의 적이 총장이라는 듯 글을 써 내려갔다.

[저는 오늘 짧은 검사 인생에서 처음으로 검사가 된 것을 후회합니다. 힘 있고, 돈 많은 정치 권력의 뒤를 봐주는

검사라는 것이 쪽팔립니다.]

한성욱은 현진우의 글에서 알 수 없는 부끄러움이 몰려왔다.

[불의의 어둠을 걷어내는 용기 있는 검사! 힘없고 소외된 사람들을 돌보는 따듯한 검사가 되겠다고 다짐했던 검사 선서를 마지막으로 이만 글을 줄이겠습니다. 대검찰청 중앙수사부 검사 현진우.]

게시글을 끝까지 읽은 한성욱은 한참 굳은 자세로 멍하니 생각에 잠긴 듯했다가 이내 무언가 결심한 듯 게시글에 답글을 달기 시작했다.

[오늘만큼 내가 검사라는 게 부끄러웠던 적이 없는 것 같습니다. 총장님을 포함한 염치와 용기 있는 분들의 퇴진을 요구합니다. 26기 한성욱.]

*

한편, 검찰총장 박대성은 예정된 지방검찰청 순회 일정에 따라 부산지방검찰청을 방문하기 위해 부산지검 앞에

멈춰선 차에서 내려섰다.

"총장님, 어서 오십시오."

양쪽에 일렬로 늘어선 부산지검의 간부 검사들은 박대성이 차에서 내리자 모두 고개 숙여 인사했다.

"다들 고생 많아."

박대성은 검사들 한 명 한 명의 손을 잡고는 앞장서서 지검 안으로 들어갔고, 뒤이어 간부들이 그를 따르기 시작했다.

박대성은 지검 안으로 들어서자 이상하게도 부산지검의 분위기는 다른 지검과는 다르다는 것을 느꼈는데, 다가와 인사하는 평검사들은 보이지 않았고 먼 곳에서 저들끼리 자신을 보며 수군거리는 듯한 느낌을 받았다.

"부산지검은 다른 곳이랑 분위기가 다르……."

"뭐?"

박대성은 자신의 얘기를 끊어오는 큰 소리에 뒤돌아보았는데 자신의 비서가 누구와 통화를 하다 놀란 듯 크게 소리를 지른 것 같았다.

"무슨 일이야?"

박대성은 소리를 지른 비서를 향해 인상을 쓰며 물었고, 비서는 전화를 끊고는 심각한 표정으로 입을 열었다.

"총장님, 바로 서울로 올라가셔야 할 것 같습니다."

"왜? 무슨 일인가?"

“평검사들이 총장님의 용퇴를 요구하고 나섰다고 합니다.”

비서의 입에서 말이 흘러나오자 박대성은 충격을 받은 듯 굳은 표정으로 비서의 얼굴을 바라보았다.

검찰

CHAPTER 3

-너 인마 미쳤어?

다음 날, 진우는 아침 일찍 출근하자마자 걸려온 서필규의 전화를 받고 있었다.

-내가 오늘 아침에 심장이 떨려서 출근을 제대로 못 했다. 미친 게 아니고서야 총장을 들이받아?

서필규는 진우에게 말할 틈도 주지 않고 계속해서 말을 쏟아냈다.

-인마, 중수부 고속도로 탔으면 그대로 직진만 할 것이지 총장을 왜 들이받냐고!

"선배."

-내가 어젯밤에 너 걱정돼서 한숨도 못 잤다.

"선배, 쪽팔리잖아요."

진우의 한마디에 수화기 너머의 서필규는 아무 말 없이

진우의 말을 듣는 듯했다.

“그리고 이게 제가 살길입니다. 말씀드렸듯…….”

-그냥 권 부장 버리고…….

“선배님, 저는 제가 잡은 줄을 버리지 않습니다. 권 부장이 아니라 선배가 지금 저렇게 되셨어도 저는 나섰을 겁니다. 제가 잡은 줄은 틀리지 않았으니까요.”

그것이 이번 삶에서 진우가 선택한 길이었다. 타고 올라갈 줄은 직접 만들겠다는 목표.

“선배님, 질러놓고 말씀드려 죄송한 마음뿐이지만, 제 선택을 응원해 주셨으면 합니다.”

-나도 당연히…… 총장 용퇴를 원한다는 댓글 달았지. 너도 보면 알겠지만, 댓글이 300개가 넘게 달렸어.

진우가 남긴 글에 평검사들뿐 아니라 부장, 차장검사급의 인물도 총장의 사퇴를 원한다는 답글을 달아왔다.

-아휴, 네가 그렇게까지 말하니까 내가 말릴 명분이 없네. 방법은 있고?

“현 프로.”

서필규의 물음과 동시에 이재윤이 사무실로 걸어 들어오고 있었다.

“선배, 일 다 끝나고 연락드리겠습니다.”

진우는 그렇게 말하며 서필규와 통화를 종료하고 자리에서 일어났다.

"누구야?"

"중앙지검에 계신 서필규 검사님이십니다."

"아, 그래. 성진그룹 법무 팀 사원한테서 진술 땄다."

이재윤은 그렇게 말하며 진우에게 진술서를 건네주었다.

진술서에는 법무 팀장이 압수수색이 나올 거라며 컴퓨터들을 특정 장소로 옮길 것을 명령했다는 내용이 담겨 있었다.

"고생 많으셨습니다. 이 진술이 권 부장님을 살릴 수 있는 열쇠가 될 겁니다."

진우는 진심을 담아 말하고는 고개를 숙였고, 이재윤은 진우의 모습에 머쓱해진 듯 코를 훔치고는 진우를 향해 입을 열었다.

"네가 그렇게 말해주니까 고맙네. 너야말로 권 선배를 위해서 직접 나서주고 내가 더 고맙다."

이재윤은 그렇게 말하며 진우의 어깨를 두드려 주었다.

"자, 그럼 이제 남은 건 뭐지?"

"장관을 뵈러 갈 일만 남은 것 같습니다. 그 자리에서 담판 지을 수 있어야겠죠."

"불쑥 찾아간다고 만날 수 있는 양반이 아닌데……."

그때 진우의 휴대전화에서 진동이 울리기 시작했고, 진우는 바로 통화 버튼을 눌렀다.

"네, 현진우입니다. 네, 알겠습니다. 한 시간 안에 들어가도록 하겠습니다. 네.”

진우는 짧은 통화를 마치고는 이재윤을 바라보았다.

“장관 비서입니다.”

“뭐?”

이재윤은 놀란 표정으로 진우를 향해 되물었다.

“판을 키운 게 주요했나 봅니다. 과천으로 들어오라는 연락입니다. 일단 움직이시죠.”

“어, 어. 그래, 움직이자.”

이재윤은 당황한 듯하다 이내 정신을 차리고는 앞장서서 사무실을 나섰고, 진우는 그 모습에 피식 웃으며 이재윤을 따라나섰다.

*

“자네가 현진우 검사인가?”

정부과천청사 법무부 장관실, 법무부 장관은 굳은 표정으로 진우를 향해 물었다.

“네, 그렇습니다. 장관님.”

진우와 이재윤은 꼿꼿한 자세로 서서 장관을 바라보고 있었다.

“내가 이런 기사를 봐야겠나?”

법무부 장관은 그렇게 얘기하며 자신의 책상 위로 신문

을 휙 하고 던졌다.

「사상 초유의 평검사의 난…… 총장 용퇴 요구 이어져.」

「사면초가에 빠진 박대성 검찰총장, 300명 넘는 검사가 퇴진 요구…… 검찰 내홍.」

「청와대 입장표명 無, 법무부 이견 조율 중이란 답변만…….」

신문 1면 가득 진우가 촉발한 얘기투성이였다.

"자네들이 아니더라도 머리 아픈 일투성이야!"

법무부 장관은 버럭대다 머리가 지끈거리는지 의자에 기대어 앉았다.

"그래서, 내가 어떻게 해줬으면 하나?"

법무부 장관의 물음에 이재윤은 진우를 쳐다보며 고개를 끄덕였고, 그것을 신호 삼아 진우는 재킷 품속에서 보고서를 한 장 꺼내 장관의 책상 위에 펼쳐놓았다.

"이게 뭔가?"

"성진그룹 압수수색 당시, 압수수색 정보를 미리 알고 있었다는 성진그룹 법무 팀 사원의 진술입니다."

이재윤의 말에 법무부 장관은 몸을 일으켜 세워 진술조서를 읽어 내려갔다.

"저희는 권태영 검사장의 명령으로 압수수색 정보 유출

건을 조사해왔습니다. 권태영 검사장이 유출의 진범이라면 이 사건을 조사하라 지시할 이유가 없습니다. 그리고 한 가지 더, 뒷장을 보시면 압수수색 정보 유출이 있고 난 후 권태영 검사장에게 사후 보고를 했다는 서울중앙지검 특수1부장의 증언도 담겨 있습니다."

이재윤의 보고가 계속되자 법무부 장관은 책상 위에 놓인 돋보기안경까지 꺼내 쓰며 서류를 읽어 내려갔다.

그리고 잠시 후, 서류를 모두 읽은 듯 장관은 안경을 벗어 책상 위에 올려두며 두 사람을 바라보았다.

"내가 어떻게 해줬으면 좋겠나? 어떻게 해야 자네들이 멈출 거야?"

화가 많이 누그러진 듯한 장관의 물음에 이재윤은 장관을 바라보며 입을 열었다.

"성진그룹 회장 소환할 수 있도록 결재해 주십시오."

"성진그룹 회장을?"

"예. 성진그룹 회장에게 단지 소환장만 발부하더라도 성진그룹 법무 팀장은 지레 겁을 먹고 모든 걸 얘기할 겁니다."

이재윤의 말에 장관은 작게 한숨을 내쉬며 입을 열었다.

"그러니까 자네들은 지금 권태영 검사장의 억울함을 풀어주기 위해서 나한테 수사지휘를 해달라 이거 아닌가? 법무 팀장이 입을 열면 압수수색 정보 유출범이 누구인지 밝혀지니까."

장관의 물음에 가만히 서 있던 진우는 입을 열었다.

"권태영 검사장 때문이 아닙니다."

"그럼?"

"검찰 내부의 적을 찾기 위해서입니다. 압수수색 정보를 유출했다면, 수사 진행 상황 또한 유출하지 않았을 이유가 없으니까요."

진우의 말에 장관은 골치가 아픈 듯 두 팔을 책상 위에 올린 채로 마른세수를 해댔다.

"좋아. 대신."

승낙과 동시에 조건을 달려는 듯한 장관의 말에 진우와 이재윤은 장관의 입만 바라보았다.

"자네들도 이 사건에서 손 떼."

"네?"

장관의 말에 이재윤은 놀란 듯 되물었다.

"자네들도 깔끔한 중립이라고 할 수 없지 않나? 자네들은 지금까지 박대성 총장을 유출범이라 생각하고 조사를 해왔으니 말이야."

"하지만, 장관님. 이 사건을 저희가 조사해왔고……."

"자네들도 사건을 이만큼 키운 주범들이야. 박 총장만 물러나서 되겠나? 중수부는 그대로 유지되도록 해주겠네."

법무부 장관의 말뜻을 진우는 알 것 같았다. 윗선에서도 박대성 총장의 사퇴로 이미 마음이 굳은 것 같았다.

그도 그럴 것이 아무리 VIP의 뒤를 봐주라고 임명된 총장이라 하더라도 평검사들과 일산 지검 간부들의 신뢰를 잃은 총장은 허수아비 총장이나 다름없었기 때문이다.

"박 총장만 물러나고, 자네들이 그 자리 그대로 꿰차고 있으면, 검찰 조직의 기강이 어떻게 되겠나? 판을 이만큼 키웠으면 책임을 져야지? 자네들 목숨 줄도 날려 버리라고 윗선에서 지시가 내려왔지만, 내가 겨우 봉합한 거야."

장관의 말에 진우와 이재윤은 동시에 고개를 숙였다.

"그동안 권 검사장이 조직에 해온 일도 있고, 중수부 자네들도 조직에 헌신했으니 나온 결과라고 생각하게."

"감사합니다."

"일단 대검으로 돌아가 있어. 내가 박 총장과 권태영 검사장을 만나 담판을 지을 테니."

"예, 알겠습니다."

진우와 이재윤은 장관에게 고개 숙여 인사하고는 장관실을 빠져나왔다.

"하…… 심장 떨려 죽는 줄 알았다. 이제 우리 부장님은 살 수 있는 거지?"

"부장님과 총장, 그리고 장관의 삼자대면이 중요해졌습니다."

"무언가 힌트라도 보내고 싶은데, 알다시피 감찰 중이잖아. 휴대전화도 다 뺏겼을 텐데……."

진우와 이재윤은 고민하며 법무부 청사를 빠져나왔다.

✻

"그날 내가 소리 지른 건 미안했다."

이재윤은 대검 감찰본부 앞에서 감찰 담당 검사와 얘기를 나누고 있었다.

"아닙니다. 저라도 그땐 그랬을 겁니다."

"그렇게 말해주니 고맙네. 권태영 검사장님은 어떠시냐?"

권태영은 사흘째 감찰본부에서 조사하고 있었는데 이재윤은 궁금하다는 듯 물었다.

"걱정되시겠지만, 저희도 법 다 지키면서 하고 있습니다. 현직 검사장님이라 함부로 할 수도 없고요. 어제 집에 가셨다가 아침 일찍 다시 나오셨습니다."

"밤늦게까지 조사하지?"

"예…… 그건 저희도 총장님 명령이라……."

권태영은 아침 일찍 소환되어 밤늦을 때까지 조사를 받는 중이었다.

이재윤은 이들의 방식을 알고 있었다. 일단 조사실에 불러다 놓고 상대를 지치게 만드는 것이다.

"아휴…… 쪽지 하나만 좀 전달해 주면 안 되겠냐?"

"쪽지요? 선배님 그건 안 됩니다."

"안 되는 거야 나도 알지. 근데 별 얘기 없어. 쪽지 너도 봐."

이재윤은 그렇게 말하며 쪽지를 감찰 담당 검사에게 건넸는데 감찰 검사는 곤란하다는 듯 작게 한숨을 내쉬고는 쪽지 내용을 확인했다.

"사중구생……?"

"그래. 지금 상황에서 우리 검사장님이 마음을 다잡았으면 해서 글귀 하나 적은 것뿐이야. 좀 부탁하자."

"……."

"정말 같은 식구끼리 이럴 거야? 얼마나 힘드시겠냐? 그저 마음을 다잡고 잘 버티시라……."

"예, 알겠습니다."

"정말이지?"

"네, 전해 드리겠습니다."

"어우, 정말 고맙다."

감찰 담당 검사가 자신을 향해 인사를 하곤 쪽지를 들고 감찰본부 안으로 들어가자 이재윤은 안도의 한숨을 내쉬었다.

한편, 감찰본부 조사실에 있는 권태영은 그저 멍하니 앉아 생각을 정리하고 있었다.

'참, 답답한 상황이네.'

조사를 마치고 집에 가서 뉴스로 외부 상황을 확인하기

는 했지만, 진우가 무슨 마음으로 그런 행동을 한 것인지는 도저히 자신의 머리로는 파악할 수 없었다.

'판을 키워도 너무 키웠어. 무슨 생각을 하는 거냐…… 현진우.'

한참 그렇게 생각을 하고 있을 때 조사실의 문이 열리며 감찰 담당 검사가 들어왔다.

"오늘은 조사를 일찍 시작하는 건가?"

권태영의 물음에 감찰 담당 검사는 고개를 가로저으며 권태영의 앞에 쪽지 하나를 내려놓았다.

"이재윤 과장님께서 전해달라고 하셨습니다."

"이재윤이?"

"네. 그리고 한 시간 후 검찰총장실에서 면담이 있으실 예정입니다."

상대의 말에 권태영은 의아하다는 표정으로 입을 열었다.

"총장께서 나와 면담을 하신다고?"

"저는 잘 모르겠습니다. 제가 전해 들은 대로 전해 드릴 뿐입니다."

감찰 담당 검사는 그리 말하고는 고개 숙여 인사하고 조사실을 빠져나갔고, 권태영은 이재윤이 전했다는 쪽지를 펼쳤다.

"사중구생?"

쪽지에는 사자성어 하나가 적혀 있었는데 권태영은 내

용을 읊조리며 생각에 잠겼다.

"죽을 고비에서 살길을 하나 찾았다라…… 총장 면담과 상관이 있는 건가?"

권태영은 어려운 문제를 떠안은 사람처럼 심각한 표정을 지으며 잠시 후 있을 총장과 만남을 대비하기 시작했다.

✶

"앉지."

정해진 시간에 맞춰 총장실로 올라간 권태영은 총장 박대성의 손짓에 그와 마주 앉았다.

"며칠 감찰받아 보니 어떤가?"

마치 자신을 놀리는 듯한 물음에 권태영은 화를 참는 듯 한쪽 입꼬리가 파르르 떨렸다.

"무슨 일로…… 저를 보자고 하셨습니까? 감찰 조사 소감을 물으시려고 부르신 건 아닐 테고요."

"내가 자네를 봐서 뭐 하겠나? 곧 오실 시간 됐으니 기다리지."

누군가 오기로 했다는 소리에 권태영은 의문스럽다는 표정으로 생각에 빠졌다.

평소 같았으면 상석에 앉았을 박대성이 자신의 맞은편에 앉아 있었고, 오신다는 높임말을 쓰는 걸 보니…… 적어도 박대성보다는 직급이 높은 사람일 거라고 생각했다.

'장관? 민정수석? 누구지……?'

권태영과 박대성 사이에는 서로를 견제하는 듯한 미묘한 긴장감만이 흘렀다.

잠시 후, 시각이 되었는지 검찰총장실 문이 열렸고, 박대성은 자리에서 일어나 문 쪽으로 다가갔다.

"아이고, 장관님. 제가 1층까지 모시러 갔어야 했는데, 요즘 대검 상황이 말이 아니라 죄송합니다."

"아, 박 총장. 괜찮습니다."

"장관님, 오랜만에 뵙습니다."

뒤에 서 있던 권태영은 고개 숙여 장관에게 인사했다.

"권 부장, 잘 지냈어? 아니, 자네 모습을 보니 안녕한 거 같지는 않구먼. 자, 앉읍시다."

장관의 말에 권태영과 박대성은 자리에 앉았고, 장관은 두 사람을 번갈아 보다가 입을 열었다.

"권태영 검사장."

"네, 장관님."

"자네, 지방에 내려가."

장관의 말에 박대성은 씩 웃으며 권태영을 바라보았고, 권태영은 이해할 수 없다는 듯 소파의 팔걸이를 치며 입을 열었다.

"장관님, 중수부에서 수사를 진행 중입니다. 수사 진행

중 책임자를 지방으로 내려보내는 사례는…….”

“내가 내 손으로 중수부 해체를 VIP께 보고하길 원하나?”

장관의 입에서 나온 반협박이 담긴 말에 권태영은 반박을 멈추고는 장관을 바라보았다.

“내 특수부 출신 검사는 아니지만, 특수부 검사들에게 중수부가 어떤 의민지 잘 알아.”

장관은 공안통 검사 출신이었는데 지금 권태영의 심정을 이해한다는 듯 안타깝다는 목소리로 권태영 향해 이야기를 이어나갔다.

“판이 너무 커졌어. 이 시점에서 중수부를 살릴 수 있는 건 자네를 지방으로 보내고, 중수부 팀원들도 갈라놓을 방법밖에 없어.”

장관의 말을 듣던 권태영은 중수부를 살릴 방법이라는 말을 듣고는 무언가 번쩍하고 떠올랐다.

“사중구생…….”

“무슨 말인가?”

자신에게 전달된 쪽지의 내용을 작게 읊조리던 권태영은 장관의 물음에 금세 정신을 차린 듯 고개를 가로저었다.

“아닙니다.”

“내 제의에 대한 답을 아직 안 한 거 같은데? 지방으로 가겠나?”

“하하하, 그래. 장관님이 자네와 특수부 검사들을 배려해서 하시는 말씀 같으니 자네도 양보를 해야 하지 않겠나?"

생각에 빠진 권태영이 아무런 답을 내놓지 않자 그 모습을 지켜보던 박대성은 불난 집에 부채질하듯 말해오고 있었다.

"제가 지방으로 내려가면 중수는 유지되는 겁니까? 중수부에서 진행하던 사건은……."

무언가 결심한 듯 권태영이 장관을 향해 묻자 장관은 고개를 끄덕이며 입을 열었다.

"걱정하지 마, 중수부도 유지되고, 사건은 내가 다른 곳에 맡길 예정이니."

"다른 곳이라면……."

"적어도 중립적인 곳에 맡겨야지 않겠나? 자네도 알다시피 대구고검장이 공석이야. 대구고검 자네가 맡아."

그 말에 권태영은 크게 심호흡을 하고는 고개를 끄덕였다.

"알겠습니다. 장관님께서 약속을 해주셨으니 저도 물러나겠습니다."

"좋아. 총장, 당장 권 검사장에 대한 감찰 명령 거두시지요."

"그럼요. 당연합니다."

권태영이 중수부장에서 물러나겠다 답하니 맞은편에 앉은 박대성은 씩 웃었다.

"박 총장님."

웃고 있던 박대성은 장관이 자신을 부르자 이내 웃는 얼굴을 갈무리하고는 장관을 바라보았다.

"예! 장관님."

"요즘 검란 정국을 VIP께서 상당히 불편해하셨습니다."

"아이고, 그러셨습니까? 중수부장이 물러난다고 하니 곧 잠잠해지지 않겠습니까? 이프로스에서 글을 처음 올린 친구도 중수부 소속이라고 하더군요. 마침 그 친구도……."

"권태영 검사장이 검찰총장입니까?"

한참 떠들어대는 박대성의 말을 끊은 법무부 장관은 미간을 잔뜩 찌푸렸다.

"권태영 검사장이 검찰총장이냐 물었습니다."

"하하하, 장관님 왜 이러십니까? 당연히 사건의 제공자는 권태영 중수부장이니……."

"우리 총장께서 뭔가 큰 착각을 하고 계시는 듯합니다. 사건의 제공자가 중수부장이라 하더라도! 책임은 총장이 지는 겁니다! 우리 조직은 지금까지 모든 책임을 총장이 져왔어요!"

검찰 출신인 법무부 장관은 지금의 조직이 마음에 들지 않는지 총장을 향해 크게 소리를 지르기 시작했다.

"조직을 어디까지 망가뜨릴 셈입니까? 검사가 된 것이 쪽팔린다는 평검사의 목소리가 당신은 들리지 않는 거요? 우리가 그동안 어떻게 조직을 지켜왔는데! 당신 때문에 우리 검찰 구성원들이 쪽팔려서 일을 못 하겠다는 그 소리가 안 들리냔 말이오!"

"장관님……."

"더는 총장과 말을 섞는 것조차 불쾌해져서 안 되겠습니다. VIP의 말씀 그대로 전하고 자리에서 일어나겠습니다."

법무부 장관은 굳은 표정으로 박대성을 바라보며 입을 열었다.

"VIP께서는 내일까지 총장의 용퇴 발표가 나오길 기다리고 있습니다. 옷 벗으시고 자연인으로 돌아가시지요."

마치 폭탄과도 같은 발언이 장관의 입에서 나오자 권태영과 박대성 두 사람 모두 놀란 듯 눈을 크게 뜨고 장관을 바라보았다.

"그리고, 이건 내가 박대성 당신한테 말하는 건데! 압수수색 정보 흘린 당사자가 박 총장 당신이라면 가만두지 않을 테니 기다리시오."

법무부 장관은 그렇게 말하고는 자리에서 벌떡 일어났고, 당황한 박대성은 정신을 차리고는 장관을 바라보았다.

"자, 장관님. 저는 VIP의 퇴임 이후를……."

"VIP 퇴임 이후? 당신 퇴임 이후 어떻게 살 건지나 생각해!"

장관은 그렇게 말하며 발걸음을 옮겼고, 권태영은 자리에서 일어나 장관의 뒷모습을 보며 고개를 숙였다.

"장관님, 조직을 지켜주셔서 감사합니다!"

권태영이 인사하는 걸 바라보던 박대성은 마치 모든 걸 잃어버린 사람처럼 초점 없는 두 눈으로 멍하니 앉아 있을 뿐이었다.

"두부라도 준비할 걸 그랬어요."

그날 저녁, 서초동 대검찰청 근처의 한 호프집에서는 진우와 권태영, 이재윤이 자리하고 있었다.

"아, 오늘 맥주가 왜 이렇게 밍밍하지? 저기 진짜 속 시원한 소식이 나와서 그런가?"

이재윤은 맥주잔을 내려놓으며 한쪽 벽면에 걸린 TV 화면을 향해 손짓했다.

[박대성 검찰총장이 오늘 오후 사의를 발표했습니다. 박 총장은 최근 검찰 내부의 내홍에 국민께 죄송한 심정이라며 검찰의 책임자인 자신이 물러나는 것이…… 한편, 법무부는 당분간 대검찰청 강석우 차장검사가 검찰총장 직무대행을 맡을 것이라 발표했습니다.]

"어우, 속 시원해."

정말로 속이 시원한 듯 온몸을 부르르 떠는 이재윤의 과장된 몸짓에 진우와 권태영은 피식 웃음을 터뜨렸다.

"이재윤."

"네, 선배."

"고생 많았다."

권태영은 긴말은 필요 없다는 듯 수고했다는 말과 함께 이재윤의 앞에 놓인 술잔에 맥주를 따라주었다.

"그동안 내 밑에서 정말 고생 많았다. 너를 만난 게 내 검사 인생 가장 큰 복인 것 같다."

권태영은 진심을 담아 이재윤을 향해 고맙다고 말했고, 이재윤은 웃으며 권태영을 바라보았다.

"현진우."

"네, 부장님."

"사중구생…… 좋은 힌트였다. 그 자리에서 내가 받아들이지 않았다면, 나도 저기 박대성과 같은 처지였겠지."

권태영의 말에 진우는 작게 미소를 지었다.

"어쨌든 결과적으로 대구고검장으로 내려가고, 우리 지금 중수부 구성원들도 뿔뿔이 흩어지니 손해 아닌가 싶은데, 네 생각은 어때?"

"부장님과 같은 생각을 하시는 분들이 있을 거라고 생각합니다. 하지만 저는 좀 다르게 생각합니다."

"다르게 생각한다?"

“네. 점점 위정자들과 기업인들의 범죄는 점점 고도화되고 있습니다. 잠시 숨을 돌리고 있으시다 보면, 분명히 부장님이 필요한 시기가 있으리라 생각됩니다. 부장님께서 쌓아두신 커리어는 우리 조직 내에서 절대적이니까요.”

“그래요, 선배. 무슨 걱정이에요? 여기 우리 막내가 알아서 다 원래대로 돌려줄 건데.”

이번 일을 겪으며 진우에게 큰 신뢰가 쌓인 듯 이재윤은 진우에게 어깨동무하며 권태영을 향해 말했다.

“그래, 현 검사가 그렇게 말하면 믿어도 되겠지.”

권태영은 진우의 말처럼 자신이 쌓아온 커리어는 쉽게 무너질 수 있는 게 아니라 생각했다.

“이 과장도 현 검사도 어디로 갈지는 모르겠지만, 잠시 숨을 돌리는 거라 생각해. 앞으로 있을 더 큰 일들을 위해 쉴 수 있는 시간은 지금뿐이라 생각하며 지내고 있어. 내가 중앙에 올라가면 너희들을 먼저 찾을 테니 말이야.”

“네, 알겠습니다.”

진우와 이재윤 두 사람은 권태영의 말에 크게 대답했다.

“그나저나, 저는 이번 일을 겪으면서 우리 현 프로한테 감동했습니다.”

무거운 얘기들이 끝이 나자 이재윤은 마치 군대 시절 썰을 푸는 사람처럼 권태영을 향해 이번 일의 해결 과정을 얘기하기 시작했다.

"어우, 판단력이 얼마나 빠른지. 처음에 저한테 일단 답이 없으면 판을 키우라는 말이 있지 않느냐라고 말하길래 얘가 드디어 미쳤나 싶었더니, 그게 정답이더라고요."

이재윤의 말에 권태영은 피식 웃으며 자신의 잔에 맥주를 따르기 시작했다.

"아니, 그리고 선배. 지식 왕 아세요?"

"지식 왕?"

"네. 이번에 이프로스에 진우가 글을 올렸잖아요. 총장 물러나라고."

"그렇지……."

"근데 얘가 그동안 시간 날 때마다 이프로스 들어가서 다른 사람들이 법리 해석 질문 올리면 그걸 풀어줬더라고요."

이재윤의 말에 권태영은 흥미롭다는 듯 진우를 바라보았다.

"사실이야?"

"네. 이 과장님께서 잠시 숨돌리는 데는 이프로스만 한 곳이 없다고 하셔서…… 어쩌다 보니……."

"아니, 어쨌든 이프로스 검사 게시판에서 현 프로는 이미 유명인이더라고요. 얘가 글을 올리니까 다들 본 거지. 근데 또 글발도 엄청 좋아. 나도 읽어 내려가다 보니 가슴 속에서 뭔가 끓어오르더라고요."

"하하하!"

이재윤의 말에 권태영은 크게 웃었다.

"나도 오늘 집에 가거든 현 검사가 쓴 글 한번 봐야겠어. 오늘 장관도 그 자리에서 글 내용을 말해오는 걸 보니, 잘 쓰긴 했나 보네."

"아! 그리고 한 가지 더!"

이재윤의 말에 진우와 권태영은 궁금하다는 표정으로 이재윤을 바라보았다.

"현 프로 평가하시면서 저한테 이런 말씀 한 적 있죠? 현 프로는 총장한테 들이받은 적이 없으니 선배가 이긴 거라고요."

이재윤의 말에 권태영은 피식 웃으며 두 손을 들었다.

"그래, 현 검사도 이제 총장한테 들이받은 검사 타이틀이 생겼으니 내가 졌다."

평소엔 볼 수 없었던 권태영의 과장된 몸짓에 두 사람은 크게 웃었고, 그날 세 사람은 밤이 늦도록 웃음꽃을 피웠다.

*

"오랜만에 진우가 우리 집에 온다고 해서 실력 좀 발휘해 봤지. 새해 복 많이 받아."

"새해 복 많이 받으세요."

한차례 폭풍이 휩쓸고 간 지 어느덧 두 달이 지난 2012년

1월 말, 진우는 수의사 양진숙의 집에서 식사하고 있었다.

식탁 위에는 갖가지 음식들이 즐비했는데, 진우는 피식 웃으며 양진숙을 바라보았다.

"좋은 곳에서 제가 밥을 사드리고 싶었는데……."

"아서라, 그 돈이면 이렇게 맛있게 차려서 먹을 수 있잖니?"

"그래도 선생님께 대접하고 싶었어요."

"마음만이라도 고맙네요."

진우의 말에 양진숙은 웃으며 밥을 먹는 진우를 바라보았다.

"진우야."

"네, 선생님."

"요즘 뉴스에 진우 네 이름이 나와서 내가 얼마나 놀랐는지 아니? 잠도 제대로 못 잤어."

"걱정 끼쳐 죄송해요."

"죄송할 거까진 없다만…… 그래도 되는 거야? 찍혀서 검찰에서 쫓겨나고……."

"오히려 제가 살아남기 위해 해야 할 일이었어요."

"그러니? 너는 똑똑한 아이니까 알아서 잘하겠지만, 이번에 지방으로 가는 것도 쫓겨나는 건 아니지?"

양진숙은 자못 걱정스러운 표정과 말투로 진우를 향해 물었고, 진우는 미소를 지으며 고개를 가로저었다.

"아니에요. 검사들은 2년마다 순환 근무를 하거든요. 그래서 그런 거예요."

진우는 양진숙을 안심시키려는 듯 웃으며 이야기를 이어나갔다.

"중앙에서 오래 있으면 좋겠지만, 저도 최근엔 좀 지쳤어요."

"그래, 뉴스에 나올 만큼 큰일을 겪었으니 힘들지 않은 게 이상한 거야."

"네. 당분간 일만 하면서 쉬었으면 해요."

"그래서, 지금 내려가면 얼마나 있어야 올라오니?"

"일단은 2년이에요."

"그렇게나 오래? 금동이 형아랑 떨어져서 슬프겠네."

"미야앙-"

한참 양진숙 집의 반려묘와 놀던 금동이는 양진숙이 자신의 이름을 말하자 대답하고는 다시 자신의 볼일을 보러 가버렸다.

"그래도 은비랑 잘 지내니까 보기 좋네요."

진우는 양진숙의 반려묘 은비와 금동이가 서로 뒤엉켜 노는 모습을 바라보며 말했고, 양진숙은 고개를 끄덕이며 입을 열었다.

"어릴 때 같이 지냈으니까, 친구잖아."

진우는 지방으로 내려가면 당분간 관사 생활을 해야 해

어쩔 수 없이 금동이와 잠시간의 이별을 택했다.

"자주 생활비 보낼게요."

"아니, 그럴 필요 없어. 내 직업이 뭐니? 수의사야. 당연히……."

"선생님, 당연한 건 없어요. 저도 이제 돈을 버니까요. 그리고 금동이는 제 식구고요. 이럴 땐 알겠다고 답하시면 돼요."

진우의 말에 양진숙은 미소를 지으며 고개를 끄덕였다.

"그래, 알았다! 한창 추워질 때 춘천으로 간다니 걱정이구나."

"몸 관리 잘하고 있으니 너무 걱정하지 마세요."

"진우, 네가 몸 관리를 잘한다구?"

진우의 말에 양진숙은 눈을 게슴츠레 뜨고 진우를 바라보았다.

양진숙이 아는 현진우는 사법고시 시절부터 제 몸 돌보지 않기로는 선수였기 때문이다.

"요즘은 영양제도 먹고 있어요. 매일 챙겨 먹기가 여간 힘든 게 아닌데 그래도 제 몸은 제가 챙겨야죠."

진우는 그렇게 말하며 옆자리에 뒀던 쇼핑백을 양진숙에게 건넸다.

"아까부터 거기에 있길래 뭔가 했더니 나를 주는 거구나? 한번 열어봐도 되겠니?"

"그럼요."

진우의 말에 양진숙은 쇼핑백에서 상자를 꺼내고는 피식 웃음을 터뜨렸다.

"홍삼이랑 내복이네."

"곧 추워지니까요. 내복 꼭 입고 다니시고, 홍삼도 아침마다 드시고요. 면역력에는 홍삼만 한 게 없대요. 그리고 다 드시거든 연락……."

"이놈아, 숨넘어가겠다. 천천히 말해."

"그…… 보통 첫 월급 타면 내복을 부모님께 사드린다고 하더라고요. 진부하긴 하지만, 저도 선생님께 내복부터 사드리고 싶었어요."

"고마워. 따뜻하게 잘 입을게."

양진숙의 말에 진우는 웃음을 지었고, 진우의 웃음에 양진숙 또한 웃었다.

"어쨌든 춘천과 서울은 가까우니 주말마다 올게요. 반겨주실 거죠?"

"그래, 진우 너도 여기가 내 집이라 생각하고 와."

"그럼요. 여기가 제집이죠."

진우는 양진숙과 함께 시간을 보내며 폭풍과도 같았던 사건에서 벗어나 오랜만에 평온함을 느낄 수 있었다.

“으이구, 현진우야. 어째 바람 잘 날이 하루도 없냐?”

다음 날, 진우는 아침 일찍 서필규의 차에 올라탔다.

서필규는 진우가 차에 올라타자마자 잔소리를 늘어놓기 시작했다.

“어째 우리 현 프로는 임관 때부터 하루도 그렇게 허투루 안 보낼까? 응? 어째서 현 프로가 가는 곳마다 사건이 그렇게 커지냐고.”

서필규는 차를 출발시키면서도 계속해서 진우를 향해 입을 열었다.

“어휴, 나는 진짜 이번에 심장이 벌렁거려 가지고 뭘 할 수가 없더라니까? 동기 놈이 갑자기 현 프로 네가 총장 들이받았다는 말을 하는데 그때부터 손이 벌벌 떨려서 이프로스 글 확인할 때는 청심환 먹고 확인했다.”

진우는 운전을 하면서도 잠시도 입을 쉬지 않는 서필규를 보며 웃음을 지었다.

“죄송합니다.”

“그래, 네가 죄송해야지 인마. 네가 참 지은 죄가 커. 어디 나만 힘들어한 줄 아냐? 주 선배님은 하루가 멀다고 네 소식 들은 거 있냐고 연락 오시지, 김 부장님은 말해 뭐 하겠냐? 참, 부장님 이번에 부천지청장으로 가셨다.”

형사7부의 부장검사였던 김용환은 다행히 옷을 벗지 않고 부천지청장으로 승진한 상태였다.

대규모 지청장으로, 그것도 수도권의 부천지청이라면 김용환의 동기 중에서도 상당히 잘된 케이스일 것이다.

"네, 들었습니다. 그래도 좋은 곳으로 가셔서 다행입니다."

주요 지청인 부천지청장이라면 김용환은 아마 다음 승진에서는 무난하게 검사장 승진이 될 것이다.

"네가 지금 남 걱정할 때냐? 중수부 고속도로 탔길래 아, 내 새끼는 검사 인생에서 지방으로 가지 않고 중앙에서만 돌겠거니 했더니. 이게 뭐냐?"

"남들 다 지방 순환 근무하는……."

"그니까, 남들 다 하는 지방 순환 근무를 중수부 고속도로 탄 놈이 왜 하냐고."

서필규는 진우의 말에 답답하다는 듯 되물었다.

"선배, 제가 여기서 들이받지 않았으면 권태영 검사장 그대로 옷 벗었을 겁니다."

"그 뭐야, 과장 누구랬어?"

"이재윤 과장님이요?"

"그래, 이재윤 그 양반은 뭐 하고 네가 들이받아? 이재윤이 권태영 라인이라며."

"제가 하는 일을 도와주셨죠."

진우의 말에 서필규는 기가 찬다는 듯 진우를 슬쩍 바라보고는 혀를 쯧쯧 하며 차기 시작했다.

“이번 일이 잘 끝나서 다행이지. 검사 2년 차 만에 옷 벗을 뻔했다. 현 프로 너 말이야, 검사 2년 차가 밖에 나가봐. 누가 변호사 일 맡기겠어?”

“제가 나갔어도 선배께서 챙겨주셨겠죠.”

“얼씨구, 말이라도 못하면 밉지라도 않지.”

서필규의 말에 진우는 뭐가 그리 신난 건지 얼굴에 미소가 만연해 있었다.

“신이 나냐?”

“예, 신납니다. 이번 일 겪으면서 느낀 게 있거든요.”

진우의 말에 서필규는 어디 한번 말해보라는 듯 아무런 말도 하지 않은 채 운전에 집중했다.

“참, 내 주변엔 나를 걱정해 주는 사람이 많구나 하고 말입니다.”

“…….”

“이번 일로 중수부 구성원들은 찢어지게 됐고, 저도 춘천지검으로 발령받았지만 저는 후회하지 않습니다. 어쨌든 총장과 싸움에서 지지는 않았잖습니까?”

“참 긍정적이어서 좋네.”

“그리고 선배님을 포함한 많은 분이 제 걱정을 했다고 연락해 주시니 지난 검사 생활 2년 허투루 한 것은 아닌 것 같아 기분이 나쁘지 않습니다."

진우의 말에 서필규도 기분이 나쁘진 않은 듯 정면을 바라보며 씩 웃었고, 진우도 서필규의 옆 모습에서 올라간 입꼬리를 발견하고는 미소를 지었다.

"그나저나 오히려 권태영 검사장으로서는 이번 일이 큰 이득이 됐어."

진우는 서필규의 말에 집중하기 시작했다.

"곧 수사단에서 수사 결과가 나올 건데 성진그룹이랑 박대성의 접점이 없진 않나 보더라고."

"정말입니까?"

"그래, 친한 법조 기자한테 들었는데 신뢰율 99.99%. 박대성과의 전쟁에서 이겨 나름대로 검찰 내부의 위신을 지켰으니 권태영 검사장의 주가는 계속해서 올라갈 거야. 뭐 권태영이 이번 일을 주도적으로 하지 않았지만, 그 사람이 잘한 건 네가 주도적으로 움직일 수 있게 해줬다는 거겠지."

서필규는 진우를 슬쩍 바라보며 이야기를 계속 이어나갔다.

"다음 정권에서는 권태영이 검찰총장에 올라갈 수 있겠다 싶어."

"저도 그렇게 생각하고 있습니다. 검찰 내부에서 신뢰를 받고 있고, 정치권에서도 합리적인 인물이란 평을 듣고 있으니까요."

"그래, 검찰 내부에는 지금 권태영의 호적수가 없어 보여."

서필규의 말에 진우는 고개를 끄덕였다.

비록 중수부장에서 내려와 대구고검장으로 발령받긴 했지만, 이번 일에서 권태영은 손해 본 것이 하나도 없었다.

"다 네가 만든 판이다만, 어쨌든 네가 사용한 권태영이란 도구가 보통 도구가 아니었으니 나온 결과 아니겠냐?"

서필규의 말에 진우도 공감했다. 그렇기 때문에 진우도 권태영의 손을 잡은 것이었다.

그렇게 두 사람은 이런저런 얘기를 나누고 있을 때, 차는 춘천 지역의 한 아파트로 들어섰다.

"짐은 이게 다야?"

진우와 서필규는 차에서 내려 트렁크에 실어둔 여행용 가방을 하나 꺼냈다.

"네. 뭘 안 사는 게 버릇이 되다 보니까……."

"그래 뭐, 우리 삶이 그렇지. 집이 생기기 전에는 이렇게 여행용 가방 하나에 다 들어가게 생활하는 게 맞아."

두 사람은 그렇게 말하고는 아파트에 들어섰다.

"휘유, 관사치고는 좋다."

진우와 서필규가 들어선 곳은 진우가 당분간 생활하게 될 관사였는데, 지방검찰청은 지방 순환 근무를 오게 될 검사들을 위해 관사를 내주었다.

“선배, 오늘 감사합니다. 주말인데 쉬지도 못하시고…….”

“우리 일이 좀 바쁘냐? 이렇게라도 네 얼굴을 봐야지. 그리고 웬만하면 차는 사라. 너 운전할 줄 알잖아?”

서필규의 말에 진우는 씁쓸한 미소를 지었다. 어째서인지 아직 운전하고 싶은 마음이 들지 않았다.

아무래도…… 일종의 트라우마였는데, 딱히 불편한 점이 없어 극복하려는 시도도 하지 않고 있었다.

“여기 냉장고에 배달 음식 팸플릿 붙어 있네. 나는 짬뽕 먹을 건데 넌 뭐 먹을래?”

한참 관사 내부를 돌아보던 서필규는 냉장고에서 배달 음식 팸플릿을 발견하고는 진우를 향해 말했다.

“밖에 나가시죠. 제가 사겠습니다.”

“그래? 하, 오늘 같은 날 술 한잔해야 하는데 내가 운전을 해야 해서.”

“저도 내일 첫 출근인데 술은 조금 피해야 할 것 같습니다.”

“어우, 오랜만에 현진우 벗겨 먹을 생각하니까 벌써 배고프네. 가자, 춘천에 왔으니까 닭갈비에 막국수는 먹고 올라가야겠다.”

서필규는 그렇게 말하며 앞장서서 관사를 나갔고, 진우는 피식 웃으며 서필규를 따라나섰다.

*

“안녕하십니까? 현진우입니다.”

“어, 그래. 반갑다. 어서 와.”

2012년 2월, 진우는 새로운 부임지인 춘천지검으로 출근하자마자 지검장실을 찾아 지검장과 인사를 나눴다.

“춘천지검장 김영배다.”

지검장 김영배가 손을 내밀어오자 진우는 두 손으로 김영배의 손을 맞잡으며 고개를 숙였다.

“앉자.”

김영배의 손짓에 진우는 지검장실 중앙에 설치된 소파로 다가가 앉았고, 상석에 앉은 김영배를 바라보았다.

“3년 차 평검사 하나가 우리 지검으로 전출을 오는데 어찌나 여기저기서 전화가 많이 오는지 말이야.”

진우가 자리에 앉자마자 김영배는 진우를 바라보며 입을 열기 시작했다.

“권태영 검사장부터 김용환 차장검사, 그리고 강석우 총장 직무대리까지 자네를 잘 부탁한다고 연락 오더군.”

강석우와 진우는 일면식도 없었지만, 강석우마저 전화를 걸어왔다는 말을 들은 진우는 권태영이 따로 부탁했겠거니 하고 생각했다.

“나도 특수부 출신이야.”

김영배는 진우를 향해 마치 자신의 출신 성분을 밝히듯 이야기를 이어나갔다.

"그리고 자네가 이프로스에 쓴 글에 나도 동의한다고 댓글을 달았고 말이야."

"감사합니다."

"하하, 감사는 무슨, 오히려 내가 고맙지. 자네 왜 춘천으로 온지 아나?"

김영배의 말에 진우는 골똘히 생각하는 듯했고, 그 모습을 바라보던 김영배는 껄껄 웃으며 진우를 향해 입을 열었다.

"표정을 보니 잘 모르는 거 같네. 내가 자네를 우리 쪽으로 보내달라고 총장 직무대행께 연락했어."

"그렇습니까?"

"그래, 모르긴 몰라도 나뿐만 아니라 여러 검사장이 연락했을 거야. 자네를 보내달라고."

진우는 미간을 찌푸리고는 김영배의 말에서 의미를 찾으려 했다.

"뭘 그리 심각하게 고민하나? 다른 거 있겠어? 자네가 지나온 곳이 두 곳뿐이긴 하지만, 자네 상관들 다 영전했잖아. 물론 권태영 검사장 같은 경우는 영전은 아니지만, 어쨌든 지금 영향력은 조직 내에서 총장급 아닌가?"

김영배의 말에 진우는 이유를 알 것 같았다. 김영배는 개인적인 목적을 가지고 진우를 춘천지검으로 불러들인 듯했다.

“우리 지검에서도 잘 부탁하네.”

“네, 열심히 하겠습니다.”

“하하하, 너무 열심히 하지 않아도 돼. 적당히 이름을 알릴 수 있을 정도의 사건이면 된다고.”

김영배의 말에 진우는 속으로는 씁쓸해져 왔지만, 내색하지 않으려는 듯 웃으며 입을 열었다.

“네, 알겠습니다. 잘 부탁드리겠습니다.”

“그래, 자네 방은 317호실이야.”

김영배는 그렇게 말하며 테이블 위에 올려져 있는 서류를 진우에게 건넸다.

“읽어봐.”

김영배의 명령이 떨어지자 진우는 서류를 읽어 내려갔는데 진우의 업무 내용이 담긴 서류였다.

“우리 지검은 자네가 있었던 서울중앙지검보다 당연히 작으니 두 개의 형사부서밖에 없네.”

진우가 근무했던 서울중앙지검은 우리나라에서 제일 큰 지방검찰청이었기 때문에 형사부서가 많았고, 한 부서마다 딸린 검사들도 많았지만, 춘천지검 같은 작은 검찰청은 그렇지 않았다.

“두 개의 형사부에서 열두 명의 검사가 일하고 있고, 317호실은 중앙의 특수부라고 생각하면 되네. 부패 수사,

인지 수사를 전담한다고 보면 돼.”

“네, 알겠습니다.”

“나름 베테랑 수사관을 자네 방에 대기시켜 놨으니 얼른 내려가서 형사2부 부장부터 만나고, 업무 파악부터 하도록 해.”

김영배의 말에 진우는 자리에서 일어나 고개 숙여 인사하고는 지검장실을 나와 형사2부 부장검사와도 면담한 후 317호실로 들어섰다.

“어서 오세요, 검사님.”

10여 평 남짓한 방으로 들어서자 실무관과 수사관으로 보이는 두 사람이 일어나 진우를 향해 인사해 왔다.

“안녕하세요. 오늘부터 여러분과 함께할 검사 현진우라고 합니다.”

“수사관 김준규입니다.”

“실무관 정혜수입니다.”

진우는 앞으로 자신과 함께할 검사실 식구들과 인사를 나누고는 자리로 돌아가 업무 파악에 나섰다.

한참 업무 파악을 하고 있을 때, 책상 위에 올려둔 휴대전화에서 진동이 울리기 시작했고, 진우는 전화를 받으며 사무실 밖으로 발걸음을 옮겼다.

“네, 검사장님.”

-춘천지검은 어때?

권태영의 전화였는데 진우는 휴게실이라고 적힌 방으로 들어서며 입을 열었다.

"좋습니다."

-그래? 의외네.

수화기 너머의 권태영은 진우의 답이 의외라는 듯 말을 이어나갔다.

-김영배 성격은 내가 잘 알아. 현 프로, 네 성격이 나랑 비슷한데 김영배가 마음에 들었을 리는 없지.

"지검장님께서는 괜찮으신 분……."

-하하하.

권태영의 말에 진우는 최대한 말을 아끼려 했지만, 권태영은 진우의 속마음을 읽은 것인지 크게 웃기 시작했다.

-나도 너를 여기 대구고검으로 데려오고 싶었지만, 직무대행의 반대가 심했어. 어쨌든 김영배가 너를 데려간 것은 그 친구의 개인적인 욕심을 채우기 위해서라는 거쯤은 읽었겠지?

"네. 숨기는 것 없이 본심을 제게 말씀하시더군요."

-하하하, 그 친구가 정말 너를 잘못 보아도 한참 잘못 봤어. 어쨌든 너로선 나쁜 게 아니니 적당히 비위만 맞춰주도록 해.

"네, 알겠습니다."

-그리고, 네 뒤엔 내가 있으니 다른 사람 눈치 보지 않고

행동해도 돼. 네가 눈치를 봐야 할 사람은 오직 나. 권태영 뿐인 거 잊지 말고.

권태영도 에둘러 진우를 걱정하는 듯 말해왔고, 진우는 웃으며 입을 열었다.

"네, 감사합니다."

-그래, 들어가고 힘든 일 있으면 연락해.

"네, 검사장님. 들어가십시오."

진우는 짧은 권태영과의 통화가 기분이 나쁘지 않은 듯 웃으며 사무실로 발걸음을 옮겼다.

✻

"자, 회의 시작합시다."

어느덧 진우가 춘천지검으로 발령받은 지도 두 달이 지났고, 중앙에서보다는 여유 있었지만, 이곳 일도 절대 만만하지는 않았다.

"내일 우리 지검으로 변호사시험 출신 두 명이 발령받아서 온다는데……."

춘천지검 형사2부 아침 회의, 부장검사는 무언가 마음에 들지 않는 듯 이야기를 이어나갔다.

"우리 같은 지검에서 사람이 필요한데, 중앙에서 똑똑한 놈들 다 데려가 버리고 우리한테는 변시 출신이나 던져주는 게 말이 되나?"

올해 처음으로 로스쿨 졸업생이자 변호사시험 1회 합격자들이 검사 임관을 했다.

부장검사는 마치 무언가 선입견에 사로잡힌 사람처럼 이야기를 이어나갔다.

"뭐 어쨌든, 우리 형사2부에서도 한 명을 맡아서 수습검사로 교육을 해야 할 것 같은데. 현 검사."

말석에 앉아 회의 자료를 살피던 진우는 부장검사가 부르자 서류를 내려놓고는 부장검사를 바라보았다.

"네, 부장님."

"교육 네가 맡아."

"제가 말입니까?"

진우는 사뭇 놀란 표정으로 부장검사를 향해 되물었다.

그도 그럴 것이 진우가 맡은 업무는 인지 수사 업무였기 때문에 수습 검사를 교육하기 그다지 좋은 환경이 아니었다.

"그래, 나도 너한테 던져주기 싫은데 검사장님 명령이야."

부장검사는 검지로 하늘을 찌르며 윗선에서 내려온 지시라는 걸 강조하며 이야기했다.

"특수부 검사한테 수습 검사를 떠맡기는 것도 이상하긴 하지만…… 우리야 뭐, 까라면 까야지 힘이 있나?"

부장검사가 저렇게까지 말하니 진우는 어쩔 수 없다는 듯 고개를 끄덕였다.

"네, 알겠습니다."

"그래. 그래도 나름 한국대 로스쿨 출신이라니까 똑똑하겠지. 여기 프로필 받아가."

부장검사는 진우를 향해 새로 부임할 신임 검사의 프로필을 건넸다.

"자, 오늘 회의는 여기서 마치도록 하고, 다들 마감 늦지 않게 열심히 하십시다. 해산!"

진우는 테이블 위에 널브러진 서류들을 챙겨 부장검사실을 나와 사무실로 들어섰는데, 사무실이 분주했다.

"아, 검사님. 오늘 우리 방으로 수습 검사님이 새로 오신다고 하셔서 자리를 만들고 있었어요."

의아하다는 표정으로 서 있던 진우를 보고는 실무관 정혜수가 다가왔다.

"네, 저도 방금 회의에서 들었습니다."

"새로 오시는 검사님 누구신지는 몰라도 큰일 나셨네요."

수사관 김준규도 진우를 향해 다가오며 입을 열었다.

"큰일이요?"

"네, 우리 현 검사님 일하는 양을 보고 도망가지 않을까 걱정입니다."

"에이, 이 정도로 도망가면 검사 일 못 하죠."

김준규의 말에 진우는 피식 웃으며 답하고는 자리에 돌아가 업무를 시작했다.

*

춘천지검장실 앞.

한 여자가 연신 단정하게 옷매무새를 고치고는 양손으로 볼을 치며 혼잣말을 하기 시작했다.

"박지수, 너는 잘할 수 있어. 쫄지 말자."

마치 주문을 외듯 혼잣말을 내뱉던 박지수는 노크하고는 방문을 열어젖혔다.

"안녕하십니까? 검사장님. 오늘 춘천지검으로 발령받은 수습 검사 박지수입니다."

박지수는 지검장실로 들어서자마자 90도로 허리를 접으며 지검장을 향해 인사했다.

"하하하, 목소리 한번 우렁차네! 어서 와."

춘천지검장 김영배는 웃으며 박지수에게 다가가 손을 내밀었다.

박지수는 내밀어오는 김영배의 손을 맞잡고는 악수를 했다.

"자자, 여기 앉지."

김영배의 손짓에 박지수는 소파에 자리했고, 박지수가 앉자 김영배는 입을 열었다.

"그래, 로스쿨 1기 졸업생이 우리 지검으로 초임 발령받아서 개인적으론 참 영광이야."

김영배는 미소를 지으며 박지수에게 말했다.

그의 미소를 본 박지수는 긴장했던 자신이 바보라고 생각하며 김영배를 향해 미소를 지었다.

“우리 박 검사가 어깨가 무겁겠어. 로스쿨 1기로서 후배들의 길을 잘 닦아주려거든 열심히 해야지, 안 그래?”

“네! 열심히 하겠습니다!”

박지수의 우렁찬 대답이 마음에 드는 듯 김영배는 연신 웃으며 고개를 끄덕였다.

“사법고시 출신이 아니라고 쫄 필요도 없어. 내 자네가 일종의 상대적 박탈감을 느낄까 봐, 자네의 지도 검사를 우리 지검 에이스로 했네.”

김영배의 말에 박지수는 과한 친절이 부담스러웠지만, 그래도 무관심보다는 나으려니 생각하며 고개를 숙였다.

“감사합니다.”

“감사하기는, 대신 자네도 내 부탁을 하나 들어주는 게 어떤가?”

김영배의 말에 박지수는 의문스럽다는 표정으로 김영배를 바라보았다.

“부탁…… 이라시면…….”

“자네 현진우 검사라고 아나?”

김영배의 입에서 현진우의 이름이 나오자 박지수는 놀란 표정으로 고개를 끄덕였다.

"네. 이번에 검찰총장님을…… 아니……."

"하하하, 괜찮아. 검찰총장과 대거리를 한 3년 차 평검사지. 그 친구가 자네를 가르칠 거야."

김영배의 입에서는 계속해서 박지수가 놀랄 만한 소리가 흘러나왔다.

"현진우 검사님이요?"

"그래, 그리고 한 가지 더. 자네는 일반 형사부가 아니라, 특수부 검사 밑에서 수습을 할 거야."

박지수는 놀란 표정을 감출 수 없었다.

특수부라니, 변호사시험 출신으로 검사가 되겠다고 했을 때, 평생 일벌처럼 형사부서나 공판부만 돌다가 옷 벗을 거라고 다들 말해왔기 때문이다.

"아, 그렇다고 해서 자네가 특수부 검사가 되는 건 아니야. 일단은 수습 검사니 자네가 하는 거에 따라 달렸다는 거 명심하게. 또, 내가 특수부 출신이니 다른 지검 특수부 쪽으로 연결해 줄 수도 있고."

박지수는 알 수 없는 김영배의 호의에 속으로는 작은 의심이 싹텄지만, 웃으며 고개를 숙였다.

"감사합니다, 검사장님."

"하하하, 자네도 기쁜가 보군. 하지만 내가 말했듯이 자네가 하는 일에 따라 달렸다는 거 잊지 말게."

김영배가 계속해서 저 말을 강조하는 것에는 이유가 있

다고 생각한 박지수는 망설이다가 입을 열었다.

"혹시…… 제가 어떻게 해야 하는지 알려주실 수……."

"하하하, 이 친구. 눈치도 빠르구먼?"

박지수의 물음에 김영배는 한참이나 껄껄 웃다가 이내 표정을 굳히고는 박지수를 향해 다가와 가라앉은 목소리로 입을 열었다.

"현진우 검사가 평소에 뭘 하는지, 무슨 사건을 조사하는지 내게 보고할 수 있겠나? 물론 이 일은 자네와 나만 알아야 하네."

김영배의 입에서 본심이 흘러나오자 박지수의 표정은 심각해져 갔다.

CHAPTER 4

현진우 검사실 앞.

박지수는 지검장 김영배와의 대화가 떠올라 쉽사리 검사실 문을 열지 못하고 '317호 현진우 검사실'이라고 적힌 명패를 바라보며 생각에 빠졌다.

'왜…… 제게 그런 일을 맡기시는 건지 여쭤봐도 될까요? 검사장께서 직접 현 검사님께 여쭈어보시는 것이…….'

'현진우 검사는 내 선에서 제어할 수 없는 인물이야. 자네가 말했듯이 총장과 대거리한 인물이니까.'

김영배는 마치 자신에게 스파이가 되라는 듯 제의해 왔고, 박지수는 직감적으로 김영배가 왜 자신에게 친절했던 건지, 왜 특수부 검사라는 달콤한 말을 건네왔는지 알 수 있었다.

'조직에서 자네 같은 로스쿨 출신이 성공할 수 있을 거 같나? 아니, 성공할 수 있지. 줄만 잘 잡으면 돼. 그리고 나는 지금 자네에게 줄을 내려준 거고.'

박지수는 김영배의 달콤한 말을 거절할 수 없었다. 더군다나 제의해 온 상대가 지검장이라면 더더욱 거절할 수 없었다.

어느 조직이나 처음에 누구의 줄을 잡느냐에 따라 성패를 좌우했으니까.

'누구라도 그렇게 했을 거야. 나 아닌, 다른 사람이라도…….'

여전히 사법고시 출신들이 검사로 신규 임용되었고, 그들마저도 평생 형사부나 공판부 검사로 지내다 옷을 벗는 현실에서, 로스쿨 출신인 자신이 특수부 검사가 될 수 있다는 줄을 내려준 김영배의 제의는 쉽사리 거절할 수 없는 속삭임이었다.

'정신 차리자. 절대 내색해서는 안 돼.'

혼자 마음을 다잡은 박지수는 현진우 검사실의 문을 두드리고는 사무실 안으로 들어섰다.

"안녕하십니까! 오늘부로 현진우 검사님께 지도를 받게

된 수습 검사 박지수입니다!"

박지수는 현진우 검사실로 들어서자마자 큰 소리로 인사를 하고는 고개를 숙였다.

"박 검사님, 어서 오세요."

실무관 정혜수와 수사관 김준규가 다가가 박지수를 반갑게 맞이했고, 진우도 자리에서 일어나 박지수에게 다가갔다.

"박 검사, 어서 와요. 오늘부터 박 검사를 지도하게 될 현진우라고 합니다."

진우는 손을 내밀며 박지수에게 인사했다.

"앗! 선배님, 말씀 편하게 하셔도……."

박지수는 자신을 향해 존댓말을 해오는 진우의 행동이 불편한지 진우가 내민 손을 맞잡으며 고개를 숙였다.

"저는 이게 편해서 그러는 거니까, 너무 마음에 담아두지 마세요. 차차 놓게 되겠죠."

"넵, 알겠습니다."

"여기는 정혜수 실무관님, 김준규 수사관님."

"안녕하세요."

"우리 일을 도와주시는 분들이니 저한테 하는 것처럼 이분들을 대해주세요. 이분들이 안 계시면 우리 검사들은 아무 일도 못 합니다."

"넵, 알겠습니다!"

진우는 자신을 향해 싹싹하게 대답해 오는 박지수를 보며 기분이 나쁘지 않은 듯 웃으며 자리로 돌아갔다.

"여기가 박 검사님 자리예요."

실무관 정혜수는 박지수를 자리로 안내했고, 박지수는 비록 단독 임용이 아닌 셋방살이였지만, 감회가 새로운 듯 한참 자신의 자리를 바라보다 다가가 앉았다.

"책상은 일단 제가 정리해 뒀는데, 검사님께서 편하신 대로 정리하시면 되구요."

책상 위에는 인주, 포스트잇, 형광펜 등등 깔끔하게 정리되어 있었는데, 박지수는 정리된 책상의 모습이 마음에 드는지 웃으며 정혜수를 향해 고개를 숙였다.

"실무관님, 감사합니다. 책상이 너무 깔끔해요."

"마음에 들어 하시는 것 같아 다행이네요. 첫 번째 서랍 열어보시면 칼이랑 송곳, 스테이플러가 있는데 저것들은 사용하시고 다시 서랍 안에 넣어주셔야 해요."

"그래요?"

"네. 피의자들이 자해하는 경우가 왕왕 있거든요."

"아…… 설명 고맙습니다."

"그럼, 뭐 모르는 거나 필요한 거 있으시면 저 부르시구요."

"넵, 고맙습니다!"

박지수의 인사에 정혜수는 웃으며 인사하고는 자신의

자리로 돌아갔다.

'방 분위기 너무 좋네…….'

조금 차갑긴 해도 먼저 와서 인사를 해준 지도 검사 현진우. 그리고 친절한 실무관 정혜수와 묵묵히 제 할 일 하는 수사관 김준규까지…….

박지수는 맘속 깊은 곳에서 알 수 없는 죄책감이 밀려 올라왔지만, 두 손으로 양 뺨을 치며 생각을 정리했다.

'정신 차리자. 이 사람들이 내 인생을 책임져 주는 게 아니야.'

"뭐 합니까?"

눈을 감고는 고개를 가로저으며 생각을 정리하고 있던 박지수는 자신을 향한 목소리가 들려와 자리에서 벌떡 일어났다.

"죄송합니다."

진우는 무언가 큰 죄를 지은 사람처럼 자신을 향해 연신 고개를 숙여오는 박지수를 보며 의아하다는 표정으로 물었다.

"아니, 뭐 죄지었습니까?"

"아, 아뇨. 그런 건 아닌데……."

"앉죠."

진우의 말에 박지수는 자리에 앉았고, 진우는 박지수의 책상 위에 서류철을 여러 개 올려놨다.

"나도 갑자기 지도 검사가 된 상황이라 참 난감합니다."

"죄송합니다. 저 때문에……."

"아아, 그런 뜻이 아니고, 내가 하는 일이 부패 수사입니다. 그러니까 인지 수사라고 보면 되는데…… 설명을 하려니 힘이 드네."

진우는 난생처음으로 지도 검사가 되어서 그런지 무엇을 어떻게 설명해야 할지 난감했다.

"특수부서의 수사 방식에 대해선 잘 알고 있습니다."

"그렇습니까?"

"네, 배웠습니다."

"그럼 다행이네. 박 검사를 무시하는 게 아니라 수습 검사가 하기에는 감이 필요한 쪽이라서요. 그건 차차 배우도록 하고……."

진우는 박지수의 책상 위에 올려둔 서류들을 가리키며 입을 열었다.

"이 사건들은 일반 형사 부서에서 받아온 사건들입니다."

진우는 전날 부장검사의 배려로 박지수의 교육에 필요한 일반 형사사건 몇 가지를 배당받아 온 상태였다.

"공무집행방해 사건이랑 교통사고 몇 건인데, 일단 이 사건들은 전부 경찰에서 기소 의견으로 송치한 사건들입니다. 이 사건들을 한번 살펴보고 박 검사가 파악한 대로 의견서를 내게 가져오세요."

"이렇게나 많이요?"

"음, 적은 겁니다. 다른 수습 검사들은 더 많이 보고 있을 겁니다."

놀란 듯 자신을 향해 물어온 박지수를 바라보며 진우는 진실을 얘기해 줬다.

"보자, 기한은 일주일로 합시다. 월말은 형사부 마감이라 시간이 얼마 없습니다. 어려운 거 있으면 내게 물어보고요. 그리고 이거."

진우는 박지수의 책상 위에 골무가 들은 상자를 내려놓았다.

"우리 일이 서류와 씨름하는 일이라 손가락이 재산입니다. 물집 생기면 서류 넘겨보는 것도 힘드니까 골무 꼭 끼고 해요."

진우는 언젠가 서필규가 자신을 향해 그랬던 것처럼 박지수를 향해 말하고는 자리로 돌아갔다.

박지수는 진우가 건넨 골무 상자를 열어봤는데 고무로 된 색색의 골무들이 들어 있었다.

한참 골무 상자를 바라보던 박지수는 골무 상자와 서류에 집중하며 일하는 진우를 한참이나 번갈아 보았다.

'말투는 차가운데 행동은…… 반대네…….'

✻

"아우, 너는 무슨 관사에서도 일하냐?"

일주일 후, 주말에도 평소와 다름없이 집에서 서류를 살피던 진우의 곁에는 평소와 다른 점이 한 가지 있었다.

"선배, 선배께서 심심해서 오시는 거라고 네가 일하든 말든 신경 안 쓰겠다고 하셨잖습니까."

진우는 자신의 침대에 누워 1분도 쉬지 않고 떠들어대는 서필규를 바라보며 입을 열었다.

"어휴……. 진우야, 진우야, 현진우야! 그런 눈치로 어떻게 이 험한 사회를 살아가려고 하냐? 내가 설령 그렇게 말을 했더라도 대충 눈치 빡! 어? 일은 그렇게 안 하는 놈이 은근 이런 데서 눈치가 제로네."

"골프 하러 안 가십니까?"

"몸이 힘든데 골프는 무슨……."

서필규는 팔을 베고 누워 진우를 바라보았다.

"어쨌든, 우리 애랑 애 엄마가 친정에 갔잖냐. 그럼 주말 동안 이 선배는 누구랑 얘기할 사람도 없어요. 입에서 단내가 난다고, 배고픈 건 참아도 그건 못 참지."

서필규의 말에 진우는 피식 웃음이 새어 나왔다.

"일은 내가 가거든 하고, 너 뭐 지도 검사 됐다며? 그거나 얘기 좀 해봐."

"힘듭니다. 괜스레 수습 검사의 눈치를 봐야 할 거 같고요."

진우는 며칠간 박지수를 지도했던 얘기를 서필규에게 털어놓기 시작했다.

"그 기대를 낮춰야 할까 봐요."

"이제 이 선배의 마음을 알겠니?"

서필규는 자리에서 일어나 벌떡 앉으며 말을 이어나갔다.

"원래 지도 검사가 그런 거야. 내가 보는 시야가 아니라 수습 검사가 보는 시야로 봐야 하는 거. 그게 제일 힘들다고."

"그래도 저 정도면 잘 맞춰 드린 거 같은데요."

"크, 크흠. 그게 아니지 인마! 너는 오히려 더 잘했으니까 내가 더 힘들었다고."

서필규는 웃으며 진우를 바라보았다.

"어디서 이상한 놈이 와서 내가 시야를 맞추는 게 아니라 네가 내 시야를 맞춰주는 것 같아서 처음에는 기분이 좀 나빴다고 해야 하나?"

"절대 그런 거 아니에요."

"알아. 아는데 그냥 그런 기분이 들더라고. 그래서 아 얘한테 이상한 놈으로 찍히면 안 되겠다 싶어서 나도 서류 한 번 볼 거, 두 번 봤다."

서필규의 말에 진우는 피식 웃었다.

이러나저러나 이전 삶에서 서필규에게 배운 진우였기 때문에 형사부 사건 처리는 서필규가 자신보다 더 잘할 것이다.

"그래서 걘 어때? 로스쿨 출신이라며?"

서필규의 물음에 진우는 얼굴에서 웃음을 지우고는 작게 한숨을 내쉬었다.

"그래서 그런가 봐요."

"뭐가?"

"사시 출신이 아니라 그렇게 악을 쓰면서 열심히 하나 봐요. 본인이 로스쿨 출신인 걸 페널티로 생각하는 거 같아요."

서필규는 진우의 말에 집중하기 시작했다.

"처음에는 성격이 그런 줄 알았는데 그게 눈으로 보이더라고요. 억지로 열심히 하는 게⋯⋯ 나쁜 뜻은 아니고요. 그냥 절벽에서 안 떨어지려고 아등바등 버티는 느낌?"

진우가 요 며칠 지켜본 박지수의 모습은 그랬다. 힘에 부쳐 하면서도 놓질 않고 있었다.

"우리야 사시 출신이니 출발선은 남들과 똑같잖아. 근데 로스쿨 출신은 오죽하겠냐? 거기다 1회잖아. 걔가 하는 거에 따라 다음 기수들이 받는 평가가 달라진다고."

"그래도 지도 검사라는 존재가 어려운 거 있으면 물어보고 그러라고 있는데, 처음부터 완벽한 답을 내고 저에게 보여주고 싶어 하는 거 같아요."

"야, 그건 방법 없다. 그 뭐라고 해야 하냐…… 남들보다 더 뛰어나야 한다는 강박을 가지고 있나 보네. 어쩌겠냐? 우리 조직이 그렇게 만든 건데."

서필규는 어쩔 수 없다는 듯 고개를 가로저었고, 진우는 그 말을 이해했다.

"그냥, 잘한 건 잘한다. 틀린 거는 이래서 틀린 거라고 잘 설명해 줘. 지도 검사가 해야 할 일은 그거뿐이니까. 오히려 네가 더 신경 쓰면 걔만 더 힘들어져. 알았냐?"

"네, 알겠습니다."

"그리고 인마, 전설적인 운동선수가 감독 잘하는 거 봤냐? 너도 그 기대를 좀 낮추고, 네 시선으로 수습 검사를 바라보지 말고."

진우는 그동안 박지수를 어떻게 대해야 할지 고민이었는데, 서필규의 조언에서 답을 찾은 것 같았다.

"그래서 오늘 왜 오셨어요? 본론을 말씀하셔도 될 것 같아요."

진우의 말에 서필규는 놀란 표정을 하며 진우를 바라보았다.

"눈치깠어? 티 많이 나냐?"

"예. 티가 많이 나던데요. 선배께서 심심해서 춘천까지 내려오셨다는 말도 솔직히 믿기지 않고요."

진우가 웃으며 얘기하자 서필규는 머쓱한 듯 코를 훔치며 입을 열었다.

"너 강릉시장에 대해서 알고 있냐?"

"강릉시장이요?"

"그래. 그 전통시장 말고."

"아뇨, 처음 들어보는데……."

"그 시장이 불도저로 꽤 유명한가 보더라고, 법으로 보호한 것들도 그냥 시장 맘대로 막 밀어붙이는 그런 사람인가 봐."

"그렇습니까?"

"그래, 강릉지청에 아는 선배가 한 분 계시는데 그분이랑 네 얘기를 하다가 춘천지검 부패 수사를 네가 하고 있다니까 마침 잘 됐다며 너보고 알아봐 달라고 하시더라고."

강릉지청은 춘천지검 관할의 지청이었다.

"근데 최근에 강릉에 이상한 소문이 하나 돌기 시작한다는데……."

서필규가 무게를 잡으며 입을 열자 진우는 서필규의 말에 집중하기 시작했다.

*

"안녕하십니까? 현진우입니다."

"그래요. 어서 와요. 윤경일이라고 해요."

사흘 후, 진우는 춘천지검 근처 카페에서 서필규의 소개로 강릉지청 소속의 검사를 만나고 있었다.

"제가 찾아뵈었어야 했는데, 춘천까지 오시게 해 송구스럽습니다. 말씀 편하게 하십시오. 선배님."

"하하하, 아니에요. 처음 보는 사인데 말 함부로 놓을 수 있나. 나도 춘천지검에 볼일 있는 김에 보자고 한 거니까."

윤경일은 그렇게 말하며 테이블 위에 노란 서류 봉투를 올려놨다.

"이걸 내가 조사했는데 파면 팔수록 규모가 너무 크더라고요. 지청 단위에서는 소화를 못 할 거 같아요."

"한번 읽어봐도 되겠습니까?"

진우의 물음에 윤경일은 읽어보라는 듯 손짓했고, 진우는 봉투를 열어 서류를 읽어 내려갔다.

"강릉 하면 예부터 소나무가 유명해요. 강릉에는 어디를 가나 소나무가 울창한 군락을 형성하고 있다고 해야 할까요. 그만큼 소나무가 많기도 하고요."

진우는 윤경일의 말에서 알 수 없는 자부심을 느껴 입을 열었다.

"강릉이 고향이십니까?"

"네, 맞아요."

"부럽네요. 고향에서 일하실 수 있다는 게요."

진우의 말에 윤경일은 살짝 웃음을 짓더니 이내 표정을 굳히고는 입을 열기 시작했다.

"그만큼 소나무와 관련된 사업도 발전해 있지요. 모르긴 몰라도 서울이나 수도권에서 조경수로 쓰이는 소나무들은 강릉에서 가져간 것들도 많을 겁니다."

"소나무를 뽑아 판다는 거군요?"

"맞아요. 산지 전용허가를 받으면 허가나 신고 절차 없이 개인의 땅에 있는 소나무를 뽑아 외지에 팔 수가 있는 거죠."

진우는 서류를 내려놓고 윤경일을 바라보았다.

"현재 강릉시장이 시의 행정을 맡은 이후부터 그 산지 전용허가를 내준 건수가 700건이 넘습니다."

"700건이요?"

"네. 그렇게 뽑혀 나간 소나무를 면적으로 따지면 여의도 면적의 두 배쯤 될 겁니다."

진우는 놀란 표정으로 윤경일을 바라보았다. 여의도 면적의 두 배쯤 된다는 소리를 들으니 그 규모가 확 와닿았기 때문이다.

"그러다가 올여름에 사건이 하나 터졌습니다."

진우는 표정을 굳히고는 윤경일의 말에 집중하기 시작했다.

"강릉의 한 마을에는 1만여 평의 소나무 임야가 있었습니다. 한 소나무 굴취업자가 그 임야를 사들이고 허가를 받아 무차별적으로 소나무를 굴취하기 시작했는데."

윤경일은 심각한 표정으로 진우에게 설명하기 시작했다.

"1만여 평의 임야에서 소나무 수천 그루가 한꺼번에 뽑혀 버리니 소나무 숲을 이루고 있었던 산이 사막처럼 변해 버렸죠. 그리고 올여름 강릉에는 집중호우가 내렸고요."

"토사가 밀려 내려왔겠네요……."

"그렇습니다. 가 보니 주변의 밭이며 계곡이며 쓸려내려온 토사의 흔적이 장난이 아니더군요."

진우는 고개를 끄덕이며 윤경일을 바라보았다.

"어쨌든 처음엔 단순히 그 1만여 평의 임야에서 굴취한 소나무들의 행방이 궁금해져 조사를 시작했는데…… 수천 그루의 소나무가 향한 곳은 한 곳이었습니다."

"그곳이 이 서류에 나온 정선랜드입니까?"

진우는 손가락으로 서류를 가리키며 윤경일에게 물었고, 윤경일은 짧게 고개를 끄덕였다.

"그래요. 맞아요. 공기업이자 국내 유일의 내국인 출입이 가능한 카지노. 정선랜드에서 소나무들을 사들였죠."

윤경일은 줄곧 굳은 표정으로 진우를 향해 말을 이어나갔다.

"뭐, 정선랜드도 주변 조경에 소나무를 사용했으니, 필요했겠거니 하고 생각했는데, 조경 사업을 하는 친구에게

서 이상한 소리를 들었습니다."

"이상한 소리라면……."

"소나무가 거래된 가격이지요. 한 그루에 700만 원쯤 한다더군요."

"평균적인 가격인가요?"

"그럼 제가 이상하다는 소리를 하지 않았겠지요. 저도 처음엔 이해하기 어려웠습니다만……."

윤경일은 그렇게 말하며 책상 위에 수첩을 하나 올려두고 무언갈 적기 시작했다.

"임야에서 막 캐낸 소나무를 은어로 '아나키'라고 한답니다."

"아나키요."

"네. 그리고 그 뽑은 아나키를 가식장, 즉 나무를 죽이지 않고 임시로 심어두는 장소에 3년간 키우면 '모찌'라고 한다더군요. 뭐 조경업계 쪽 은어라고 하니까 외울 필요는 없고."

윤경일의 말에 진우는 고개를 끄덕이며 윤경일의 말에 집중했다.

"어쨌든, 이 모찌는 한 그루당 가격이 6~700만 원 정도 한다고 합니다. 가식장에서 3년 키운 나무는 웬만해선 죽지 않는다고 하고요. 다른 곳으로 옮겨 심어도 죽지를 않으니 당연히 가격이 비싼 거고."

“그렇군요.”

“그런데 이번에 정선랜드에서 해당 굴취업자에게 사들인 나무는 350만 원 선에서 거래되는 아나키라는 것이죠. 언제 죽을지 모르는.”

“그러니까 350만 원짜리 나무를 700만 원 주고 샀다는 건가요?”

“서류상으로는.”

윤경일의 한마디에 진우는 머릿속으로 그림을 그리기 시작했다.

“굴취업자는 350만 원에 정선랜드에 팔았겠군요.”

진우의 말에 윤경일은 웃으며 고개를 끄덕였다.

“물론, 말씀하셨듯 정선랜드의 장부에는 700만 원에 산 것으로 기록될 테고요.”

“정답입니다.”

“나머지 350만 원의 행방은…….”

“누군가의 비자금이 되었겠지요.”

진우는 드디어 왜 윤경일이 강릉지청에서 맡기에는 사건의 크기가 크다며 자신에게 가져온 것인지 알 것 같았다.

“문제는 소나무에 관련된 사건이 이것 하나뿐만이 아닙니다. 강릉에 새로 지어지고 있는 골프장에도 산림 공무원의 확인 관인이 찍히지 않은 소나무 백여 그루가 불법으로 유통되었다는 소문이 돌고 있고요.”

"확인 관인이요?"

"소나무는 소나무재선충병이라는 소나무끼리 전염되는 감염병이 없는 것을 확인해야 외부 반출이 가능합니다."

윤경일의 말에 진우는 점점 사건이 커질 수도 있겠다는 걸 느꼈다.

"결국, 소나무와 관련된 비리들이 한 트럭으로 있다는 거…… 맞습니까?"

"그렇습니다. 이 사건들의 정점에는 결국, 산지 전용허가를 내준 공무원을 움직일 수 있는 강릉시장이 있지 않을까…… 저는 추측했던 거고요."

진우는 이 사건이 일개 지검, 즉 춘천지검에서 유일한 부패 수사 검사인 자신이 맡기에도 사건이 크다 느꼈다.

"골프장에 유통된 소나무에 대해서는 윤 검사님께서 내사할 수 있으시겠습니까?"

진우의 말에 윤경일은 고개를 끄덕였다.

"좋습니다. 그건 제가 맡지요."

"감사합니다. 그럼 정선랜드 쪽과 시장의 유착은 제가 맡도록 하겠습니다."

"오히려 감사는 내가 해야 할 것 같습니다. 무턱대고 찾아와 사건을 넘겨받아 달라 말한 것은 저니까요."

진우는 서류를 챙겨 자리에서 일어나며 윤경일에게 손을 내밀었다.

"내사를 진행하다가 새로운 걸 발견하게 되면 연락드리겠습니다. 선배님."

"그래요. 수고 좀 해줘요. 내 개인적인 욕심으로 조사해봤지만, 내가 처리하기에는 사건이 너무 커요. 현 검사라면 중앙에서 수사 경력도 있으니 잘할 수 있을 거라 생각하고 들고 왔어요."

윤경일은 자리에서 일어나 진우의 손을 맞잡으며 부탁해 왔고, 진우는 고개를 끄덕였다.

"열심히 해보겠습니다."

✻

한편, 현진우 검사실에 혼자 남은 박지수는 오늘 아침 걸려온 춘천지검장 김영배의 전화가 계속해서 머리에서 떠올랐다.

'자네, 내가 한 말 잊었나? 현진우가 무슨 사건을 조사하는지 내게 말하라고 했을 텐데?'

박지수는 김영배와 첫 만남에서 제의를 받아들였고 그리해야 한다고 속으로 다짐까지 했건만, 생각보다 자신을 향해 잘해주는 현진우와 검사실 식구들의 모습에 고민하고 있었다.

'박지수 정신 차려. 네가 이 조직에서 살아남을 방법은 하나뿐이야.'

한참 굳은 표정으로 멍하니 앉아 생각을 정리하던 박지수는 그렇게 마음먹고는 자리에서 일어나 현진우의 자리로 다가갔다.

"이건 한경 리조트 인허가 문제……."

박지수는 진우의 책상 위에 널브러진 서류들을 이리저리 파헤치며 진우가 무슨 사건을 하는지 메모하기 시작했다.

"저축은행 비리…… 이건 이미 중앙에서 송치해 간 사건이고……."

그렇게 한참 진우의 책상 위에 있는 서류들을 뒤지며 사건들을 메모하고 책상 서랍을 뒤지려던 그때 검사실 문이 열리자 박지수는 화들짝 놀라며 문으로 다가갔다.

"김 계장님은 일단 정선 경찰서 쪽에 이 같은 정보가 있는지 좀 알아봐 주세요."

진우와 김준규 계장이 같이 들어오며 서로를 바라보고 있었고, 박지수로선 다행히도 그들은 자신이 진우의 책상을 뒤지는 모습은 보지 못한 거 같았다.

"선배님, 다녀오셨습니까?"

김준규와 얘기를 나누던 진우는 박지수가 인사해 오자 고개를 돌려 박지수를 바라보았다.

"박 검사, 식사 안 했습니까?"

"네, 속이 좀 안 좋아서요."

"속이 많이 안 좋습니까? 얼굴도 안 좋아 보이는데?"

진우는 박지수의 창백한 얼굴이 걱정되는 듯 물어왔고, 박지수는 속으로 양심의 가책을 느끼고 있었다.

"체한 건가?"

"그런 건 아니구요, 몸이 좀 으슬으슬하네요."

"아, 그렇습니까……."

진우는 주머니 속에서 휴대전화를 꺼내 들고는 어디론가 전화를 걸었다.

"예, 정 실무관님 어디세요? 아, 식사 다하셨어요? 혹시 그 지검 앞에 죽집에서 죽 좀 사다 주실 수 있어요? 박지수 검사가 몸이 좀 안 좋다네요. 감기약도 좀 사다 주세요. 죄송해요. 네, 고맙습니다."

전화를 끊은 진우는 박지수를 바라보며 입을 열었다.

"정혜수 실무관께서 죽이랑 약을 좀 사다 줄 겁니다. 챙겨 먹고, 피곤하면 들어가서 쉬어도 됩니다. 관사 생활 나도 하는 중이라 아는데 아프면 서럽더라고요."

진우는 그렇게 말하며 자리로 돌아갔고, 박지수는 그 자리에서 고개를 숙이고 있다가 자신의 자리로 돌아가 손에 꼭 쥐고 있던 메모지를 펼쳐 보았다.

한참 메모지를 바라보며 고민에 빠져 있을 때 박지수의

휴대전화에서 진동이 울렸고, 박지수는 휴대전화를 들어 화면을 확인했다.

[마지막 기회네, 자네 아니더라도 사람은 많아.]

김영배의 독촉 문자메시지였다. 그 문자에 흔들리던 마음을 다잡은 박지수는 자리에서 일어나 진우에게 다가갔다.

"선배님, 아까 보니 다급해 보이시던데 제가 도울 일은 없을까요?"

한참 서류를 살피던 진우는 들려오는 목소리에 고개를 들고 박지수를 바라보았다.

"몸이 안 좋을 때는 쉬는 게 좋을 것 같습니다."

"선배님, 할 수 있습니다."

진우는 조금이라도 뒤처지기 싫어하는 박지수의 성격을 이미 파악한 상황이었다.

지금도 박지수는 결연한 표정으로 자신을 향해 일을 시켜달라는 듯 말해왔다.

"하…… 인터넷 검색 잘합니까?"

"인터넷 검색이요?"

"지금 수사 초기 단계라 일단 정보부터 모아야 할 것 같습니다. 모으고 나서 정보를 거를 거고요."

"네, 맡겨만 주세요."

"그럼 인터넷 포털사이트 모든 곳을 다 돌면서 강릉시장과 정선랜드 사장이 같은 행사를 했다거나, 여기."

진우는 명함을 한 장 박지수에게 건넸다.

"주식회사 리버원……?"

"강릉시장과 정선랜드 사장이 참여한 행사가 혹시 리버원과 관련 있는지 그런 것들 모두 정보를 좀 모아주세요."

"네, 알겠습니다."

진우의 말에 자리로 돌아가 앉아 생각을 정리하던 박지수는 휴대전화를 들고는 검사실 밖으로 발걸음을 옮겼다.

"어, 박 검사님. 여기 죽이랑 약……."

"실무관님, 잠시 화장실 좀 다녀올게요."

박지수는 그렇게 말하며 잰걸음으로 화장실로 갔고, 정혜수는 박지수의 뒷모습을 보며 고개를 갸웃했다.

화장실로 들어온 박지수는 화장실 변기 칸들을 모두 열어 아무도 없다는 것을 확인하고 통화 버튼을 눌렀다.

"검사장님, 박지수입니다. 현진우 검사님이 지금 수사 중인 사건은……."

*

"이 사건에 관련된 모든 이들의 연결고리는 이 사람."

사흘 후, 진우는 사무실 식구들과 그간 모은 정보들을 화이트보드에 적으며 정리하고 있었다.

"강릉시장 오선택이 이 사건에 연루된 모든 이들의 정점에서 서로를 연결을 해주고 있는 것으로 보입니다."

진우는 화이트보드에 적힌 오선택의 이름에 동그라미를 치며 모두를 바라보았다.

"소나무 굴취, 유통업자인 리버원조경의 사장, 정선랜드의 사장 모두가 강릉시장 오선택과 관련이 있습니다."

"그러니까 정선랜드의 사장이 비자금을 조성할 수 있도록 리버원조경의 사장과 연결해 준 것도 오선택이겠네요."

실무관 정혜수의 물음에 진우는 고개를 끄덕였다.

"그간 수집한 모든 정보가 가리키는 건 그렇다고 보입니다. 내사를 끝내고 정식 수사로 전환한 후 정확한 자금 흐름들을 파악해 봐야겠지만, 정선랜드의 사장이 조성한 비자금 중 일부는 오선택에게 돌아갔을 겁니다."

"리버원조경이 무지막지한 양의 소나무를 굴취, 판매할 수 있도록 허가를 내주고 사업 이득의 일정 부분을 정치자금으로 받았을 수 있겠고요."

수사관 김준규의 말에 진우는 고개를 끄덕였다.

"박지수 검사가 인터넷상에서 수집한 정보입니다."

화이트보드에는 강릉시장 오선택의 치적 홍보 기사가 붙어 있었는데 모두가 그 사진을 바라보았다.

"강릉시에서 실시한 자선사업 등 시장의 치적 홍보에 좋은 사업들은 정선랜드와 리버원조경이 후원자로 참여했습니다. 박 검사 수고했습니다."

진우는 이 자료들을 수집, 정리해 준 박지수를 향해 다시 한번 고맙다는 말을 했다.

"앗, 아니에요. 워낙 저들과 엮인 사업들이 많아서요…… 따로 공들여 검색하지 않아도 됐습니다."

"아닙니다. 단순 검색으로는 이런 정보를 찾아내지 못했을 거라는 걸 알고 있습니다. 잘했어요."

박지수는 진우의 칭찬에 쑥스러워하며 두 손을 흔들며 말했고, 진우는 그런 박지수의 모습을 보며 고개를 끄덕여 주었다.

"어쨌든, 확실한 이들의 연결고리의 낌새를 알아챘으니, 내사를 끝마치고 정식 수사로 전환……."

진우가 한참 모두를 향해 말하고 있을 때, 진우의 셔츠 앞주머니에 있던 휴대전화에서 진동이 울렸고, 진우는 통화 버튼을 눌렀다.

"네, 지검장님. 지금 말씀입니까? 네. 지금 바로 올라가겠습니다."

진우는 급작스럽게 걸려온 지검장 김영배와 통화를 마치고는 모두를 바라보았다.

"일단 김 계장님께서 한 장짜리 보고서 준비 부탁드리겠습니다. 지검장님 뵙고 와서 바로 부장님께 보고드릴 수 있게요."

"네, 알겠습니다."

김준규의 답이 있자, 진우는 자신의 자리로 돌아가 의자에 걸어둔 재킷을 챙겨 입고는 검사실을 나섰다.

"박 검사님, 뭐 하세요?"

"아, 아니에요."

검사실 밖으로 나서는 진우의 뒷모습을 한참이나 바라보던 박지수는 정혜수의 물음에 답하고는 잠시 고민하더니 진우를 따라나섰다.

"선배님!"

2층에 있는 지검장실로 향하려던 진우는 박지수가 자신을 부르며 뛰어오는 모습을 확인하고는 의아한 표정으로 자리에 서서 박지수를 기다렸다.

"뭐 하러 뛰어옵니까?"

"아, 혹시 계단을 내려가 버리셨을까 봐……."

박지수는 한참 숨을 헐떡이더니, 숨을 다 고른 듯 진우를 바라보며 입을 열었다.

"부장검사님께 올리신다는 수사 보고서 제가 써봐도 될까요?"

"박지수 검사, 겨우 그거 말하려고 뛰어왔습니까?"

박지수는 자신을 바라보며 굳은 표정으로 말해오는 진

우를 보며 살짝 고개를 끄덕였다.

"박 검사, 너무 열심히 하려고 하지 마세요."

진우는 진지한 표정으로 박지수를 바라보며 이야기를 이어나갔다.

"박 검사가 제 방으로 온 순간부터 박 검사를 지켜본 사람으로서 한마디 하자면, 박 검사는 충분히 잘하고 있습니다. 물론 검사로서 부족한 점은 있지만, 그건 초임 검사 누구나 다 그럴 겁니다."

"하지만, 선배님은 초임 때부터 큰 사건을 처리하셨다고 들었습니다."

박지수는 진우에 대한 일종의 신화들을 주변인들에게서 들었다.

초임 때부터 남달랐다. 그러니 2년 차 검사 달자마자 대검 중수부로 갔다. 중수부에선 총장을 들이받아 총장의 옷을 벗겼다와 같은 진우가 생각했을 때는 과장된 소문들이었다.

"내가 그랬다고 해서 박 검사도 그래야 합니까?"

진우의 물음에 정곡이 찔린 듯 박지수는 아무 말도 하지 못하고 진우를 바라보았다.

"박 검사가 어떤 생각을 하고 있는지 잘 압니다. 사법고시 출신들과 비교당하며 혹시 로스쿨 출신이라 불이익당하지 않을까 생각하겠죠."

"……."

"저는 그런 타이틀쯤은 신경 쓰지 않습니다. 박 검사는 지금 충분히 잘하고 있습니다. 아니, 오히려 사법고시 출신 검사들보다 더 뛰어난 모습들을 보여주고 있습니다."

진우는 그동안 해왔던 생각들을 진심을 담아 박지수에게 말하고 있었다.

"제가 한마디를 하면 이해력이 빨라 그만큼 행동력도 빨라요. 이번 정보 수집도 그렇습니다. 인터넷에서 쉽게 할 수 있는 거라고 했지만, 다른 수습 검사들에게 시켰다면 어버버거리며 정보를 찾기 바빴을 겁니다."

"……."

"박지수 검사. 검사 1, 2년하고 때려치울 거 아니잖아요? 남들 다 길게 보고 마라톤에 대비하고 있는데, 혼자 단거리 육상선수처럼 행동하지 않아도 됩니다. 그러니, 조금만 더 자신을 믿어보세요."

진우의 말이 끝나자 박지수는 울먹거리는 얼굴로 진우를 향해 고개를 숙였다.

조금 무뚝뚝한 지도 검사인 진우의 입에서 흘러나온 너는 잘하고 있다는 말은 그동안 정말로 박지수가 듣고 싶었던 말이었다.

"박지수 검사의 잘못이 아닙니다. 이 조직이 이상한 거예요."

"감사합니다, 선배님. 정말로 감사합니다."

"그럼, 저는 지검장님이 부르시니 가 보겠습니다."

계단을 내려가려던 진우는 다시 박지수를 바라보았다.

"아! 참, 수사 보고서."

진우는 손가락으로 박지수를 가리키며 입을 열었다.

"박 검사도 한번 작성해 보세요. 물론 김 계장님의 보고서와 비교해서 더 잘 쓴 보고서를 부장님께 올릴 겁니다."

진우는 그렇게 말하고는 몸을 돌려 계단을 내려갔고, 박지수는 한참 동안 그 자리에서 흘러나오는 눈물을 참으려는 듯 가만히 서 있었다.

"내가 저런 사람을 배신하고 있었네……."

박지수는 수사 보고서도 자신이 먼저 작성해 김영배에게 보고할 생각이었지만, 진우의 속마음을 듣자 마음속에서 갈등이 생기기 시작했다.

*

"자네 요즘 무슨 수사 하고 있나?"

검사실을 빠져나온 진우는 바로 지검장실로 왔는데, 진우가 자리에 앉자마자 김영배는 진우를 향해 물어왔다.

"내사 중인 사건이 있습니다만, 곧 보고서 정식으로 부장님을 통해 검사장님께 올리도록 하겠습니다."

진우는 보고체계를 지키겠다는 듯 말하고 있었다.

물론 지검장 휘하의 검사긴 하지만, 정식 보고체계는 부장검사와 전결권이 있는 차장검사를 통한 지검장 보고였기 때문이다.

"혹시…… 현 검사, 자네 강릉시 소나무 유통 사건 캐고 있나?"

김영배의 입에서 진우 자신이 내사하고 있던 사건이 튀어나오자 진우는 놀란 표정으로 김영배를 바라보았다.

"검사장님께서 그걸 어떻게 아셨습니까?"

"내사단계에서부터 얼마나 파고 다녔으면 소문이 다 나겠나?"

"소문이요?"

소문이라니, 진우는 이해할 수 없었다. 이 정보는 자신을 포함한 검사실 식구와 강릉지청의 윤경일밖에 모르는 것이었다.

'김 계장님이 정선경찰서에서 정보를 수집하면서 떠들 분은 아니고……."

김준규는 김영배가 말한 대로 베테랑 수사관이었다. 내사단계에서 지켜야 할 것들은 진우만큼 김준규도 잘 알고 있을 것이다.

'윤 검사님이…… 강릉지청장에 보고했나?'

진우가 한참 생각을 정리하고 있을 때, 김영배는 진우를 바라보며 입을 열었다.

"왜? 내가 알면 안 되나? 굉장히 불쾌하다는 눈치구먼."

"아, 아닙니다. 그저 어느 단계에서 소문이 나기 시작했는지 생각을 정리했을 뿐입니다."

"어쨌든 그 사건, 수사 중단해."

진우는 김영배의 입에서 수사를 중단하라는 말이 나오자 미간을 찌푸리고는 김영배를 바라보았다.

"수사를 중단하라는 말씀입니까?"

"그래, 내사단계에서 멈추란 말이야. 괜스레 정식 수사하겠다고 나대다가 일 벌이지 말고."

"죄송하지만, 왜 그렇게 해야 하는지 여쭤봐도 되겠습니까?"

진우의 물음에 김영배는 인상을 팍 쓰며 입을 열기 시작했다.

"그거, 강릉시 소나무 유통에 대한 소문은 몇 년 전부터 계속 돌았던 거야. 자네 전임 검사였던 친구도 파던 거라고."

"제 전임 검사라면……."

"자네가 여기 춘천지검 317호실로 오기 전에 그 방을 쓰던 검사가 그 사건을 팠다고."

"그렇습니까?"

"그래, 어디서 주워듣고 온 건지 강릉시청 공무원들을 하루가 멀다 하고 소환해 대는 통에 강릉시장이 공식적으로 항의를 해왔어. 시정이 마비된다고 말이야."

김영배의 말에 진우는 속으로 생각을 정리하기 시작했다.

'고작 그 이유로 수사를 중단하라고?'

말이 되지 않았다. 내사단계에서 참고인 조사를 하는 경우는 왕왕 있는 일이었고, 참고인들의 진술에 따라 정식 수사를 결정하는 검사들이 있었다.

아주 보통의 수사 방식이었고, 그 큰 강릉시청에서 공무원 한둘 조사받는다고 해서 시정이 마비된다는 것도 말도 되지 않는 변명이었다.

'검사장은 마치 강릉시장의 편을 들듯 얘기를 하는 군…….'

진우가 한참 생각을 정리하고 있을 때, 김영배는 불편하다는 듯 인상을 쓰며 진우를 향해 입을 열었다.

"수사 중단해. 알았나? 그 사건 내가 따로 알아보니, 경쟁 조경업체에서 음해한 거야. 그 이상도 그 이하도 아닌 사건이야."

"내사단계에서 뚜렷한 정황증거가……."

"이봐! 정황증거로 판을 벌이겠다는 거야?"

진우는 마치 생떼를 쓰듯 자신의 수사를 막는 김영배의 행동이 이해가 가지 않았다.

김영배도 특수부 검사 출신이다. 특수부의 수사 방식을 모르지 않을 것이다.

아주 작은, 정말 작은 정황증거 하나만으로도 타고 올라가 사건의 실체를 파악하는 것이 인지 수사였다.

“어쨌든, 더 이상 잔말 말고 수사 중단해. 알았나?”

김영배가 저렇게까지 말해온다면 진우가 할 선택지는 하나였다.

“네, 중단하겠습니다.”

“그래, 똑똑한 친구라 그런지 말이 잘 통하는구먼. 나가 봐.”

김영배의 말에 진우는 자리에서 일어나 고개를 숙이고, 지검장실을 빠져나왔다.

‘검사장이 이 사건을 덮으려는 이유가 뭐지?’

진우는 김영배가 마치 이 사건을 더 이상 파면 안 되는 것처럼…… 강릉시청의 항의가 두려운 사람처럼 행동해 오는 이유가 있다고 생각했다.

‘검사장도 연결되어 있구나.’

진우는 김영배 또한 그들과 어떻게든 유착의 고리가 연결되어 있으리라 생각했다.

‘김영배까지 포함해서 처음부터 다시 그림을 그려야겠어. 일단…….’

한참 생각을 하던 진우는 휴대전화를 꺼내 들었다.

“네, 윤 선배님. 춘천지검 현진우입니다. 혹시 수사 내용을 지청장께 보고드리셨습니까? 아, 네. 아닙니다. 저는 좀 더 내사를 진행한 후 연락드리겠습니다. 네.”

강릉지청의 윤경일과 통화를 마친 진우의 표정은 굳어갔다. 윤경일도 아직 내사단계라 지청장에게 보고하지 않았다고 알려왔기 때문이다.

‘검사실 내부에…….’

진우는 정말 생각하기 싫었지만, 지금 상황에서 낼 수 있는 답은 한 가지뿐이었다.

진우는 굳은 표정으로 검사실을 향해 걸었다.

사무실로 돌아온 진우는 심각한 표정으로 자리에 앉아 고민에 빠졌다.

‘검사실 내부에서 정보가 유출된 게 확실한가?’

혹시, 윤경일이 윗선에 보고하고 자신에게 보고하지 않았다고 말한 것은 아닐까 하는 고민이 진우를 괴롭히고 있었다.

‘내가 괜한 의심으로 검사실 내부를 갈라놓는 게 아닐까?’

진우는 고개를 들어 검사실 내부의 구성원 모두를 바라보았다. 다들 열심히 제 일에 집중하는 모습이었다.

‘지금 내 의심이 나 혼자만 바보가 되는 결론으로 끝났으면 좋겠네.’

진우는 자신이 가진 의심이 틀려, 검사실 내부에는 김영배의 첩자가 없길 바랐다.

무언가 결심한 듯 진우는 생각을 정리하고는 자리에서 일어나 손뼉을 치며 모두를 바라보았다.

"자, 오늘은 이만 퇴근들 하시죠."

"부장님께 올릴 보고서는 어떻게 합니까?"

진우의 말에 수사관 김준규는 의문스럽다는 표정으로 진우를 향해 물었다.

"내일 올려주세요. 이미 퇴근 시간이 한 시간 지났습니다. 다들 집에 가시죠."

진우는 그렇게 말하며 자리에 앉았고, 모두는 짐을 주섬주섬 챙기며 자리에서 일어났다.

"그럼, 먼저 퇴근해 보겠습니다."

실무관 정혜수가 인사하며 나가자, 진우는 무언가 떠올랐다는 듯 수사관 김준규를 불러 세웠다.

"김 계장님, 잠시 저랑 얘기 좀 하고 가시죠."

"네? 네."

"저도 이만 가 보겠습니다. 내일 뵙겠습니다."

진우가 퇴근하려던 김준규를 불러세우자, 박지수는 진우를 향해 고개를 숙이고는 사무실 밖으로 나갔다.

"무슨 일이십니까?"

"김 계장님, 내사 처음부터 다시 해야 할 것 같습니다."

"네?"

진우의 말에 김준규는 놀란 표정으로 진우를 바라보았

고, 진우는 자리에서 일어나 사건을 정리해 둔 화이트보드로 다가갔다.

"강릉시장, 리버원조경의 사장, 정선랜드 사장을 제외하고 관련인이 한 사람 더 있는 것 같습니다."

"혹시 김영배 검사장입니까?"

진우는 김준규를 떠보려고 했었는데, 그의 입에서 김영배의 이름이 흘러나오자 당황한 듯 김준규를 향해 입을 열었다.

"어떻게 아셨습니까?"

"그렇지 않아도 내일 보고를 드릴까 했었습니다."

김준규는 자신의 자리로 돌아가 수첩을 가져왔고, 진우에게 건넸다.

김준규가 건넨 수첩에는 언뜻 봐도 김준규 또한 김영배와 강릉시장 오선택의 연결점을 찾은 듯 정리해 나가고 있던 흔적이 적혀 있었다.

"정선경찰서에 정보가 없나 조사하러 갔다가 들은 얘기가 있었습니다."

김준규는 자신이 정리한 것들을 진우를 향해 말하기 시작했다.

"제가 오기 넉 달 전에도 누군가 와서 똑같은 걸 물었다는 겁니다. 정선랜드에 들어온 소나무들에 대한 정보를요."

"그래요?"

"네. 검사님께서 오시기 전에 317호를 쓰신 조성웅 검사님의 수사관이었습니다."

김준규의 말을 들은 진우는 고개를 끄덕이기 시작했다.

김영배에게 듣기로도 자신 이전의 이 방을 쓰던 검사가 똑같은 건을 수사했다고 들었으니까.

"그 친구가 지금 형사1부에 있어서 불러서 얘기를 좀 해 보니, 저희와 똑같은 라인을 타고 올라갔습니다. 그들이 내린 결론도 이 사건 관계인들을 모두 연결해 주는 것이 강릉시장 오선택이라고 봤고요."

"그런데 수사를 멈춰야 했군요?"

"네. 김영배 검사장이 수사 중단을 요구해 왔다고 합니다."

진우는 김영배가 이 사건과 관련되어 있다는 확신을 가지기 시작했다.

"당시 조성웅 검사님은 전주지검으로 발령이 확정 난 상황이었다고 합니다."

"김영배 검사장은 그것을 빌미로 수사 중단을 요구했겠고요."

"그렇습니다. 그렇지 않아도 그 방에서 수사를 담당하던 수사관 친구도 저에게 수사 어떻게 진행되고 있냐고 물어오더군요……."

진우는 김준규를 떠보려고 했지만, 김준규의 입에서는 전혀 김영배와의 접점을 찾아볼 수 없는 말들만 흘러나왔다.

"그리고, 그 친구한테 한 가지 흥미로운 이야기를 들었습니다."

"흥미로운 이야기라면?"

"마치 자신들이 수사하는 것을 김영배 검사장이 다 알고 있었던 것 같다고 하더군요."

김준규의 말에 한참 고민하던 진우는 생각을 정한 듯 김준규를 향해 입을 열었다.

"김 계장님, 저희 방도 지금 그런 상황입니다. 수사 정보가 김영배 검사장한테 흘러 들어가고 있어요."

*

관사로 돌아온 진우는 옷도 갈아입지 않고는 심각한 표정으로 소파에 앉아 고민에 빠졌다.

'조성웅 검사님 방에서도 수습 검사를 교육했었다고 하더라고요.'

김준규는 진우를 향해 뜻밖의 얘기를 해왔었다.

'김영배 검사장은 왜 부패 수사를 전담으로 하는 검사들

방으로 수습 검사들을 배치했을까요?'

김준규는 에둘러 말해왔었지만, 진우는 뜻을 알 거 같았다.

"박지수…… 박지수……."

진우는 자신의 방으로 배치된 수습검사 박지수를 떠올렸다.

다른 수습 검사들과 똑같이 어리바리한 점도 있었고, 기대에 못 미치는 결과를 가져올 때도 있었지만, 남들보다 더 열심히 하려는 열정을 가진 박지수가 기특해 자신이 가진 노하우를 하나라도 더 알려주려 노력했다.

"김영배의 끄나풀일까?"

누구보다 열심히 하던 박지수가 김영배의 끄나풀이라 생각하니 속이 답답해져 왔다.

"일단 속단하지 말자."

진우는 박지수를 믿고 싶었다. 그리고 사실이라고 하더라도 박지수에게 기회를 주고 싶었다.

지이이이잉-

한참 생각을 정리하고 있을 때, 테이블 위에 올려둔 휴대전화에서 진동이 울렸고, 진우는 통화 버튼을 눌렀다.

"네, 선배님."

-어, 전화했었네? 씻고 있느라고 못 받았다.

"퇴근하셨습니까?"

-그래, 퇴근했어. 네가 이 밤에 전화한 거 보니 무슨 일이 있겠지? 무슨 일이야?

진우는 가라앉은 목소리로 서필규를 향해 입을 열었다.

"전주지검으로 가신 조성웅 검사님의 연락처가 필요합니다."

-조성웅?

"네, 춘천지검에 제가 오기 전, 전임자분이십니다."

-이유부터 말해봐.

서필규의 물음에 진우는 지금까지 있었던 일들을 모두 서필규에게 말했다.

-……생각보다 더 난감하겠네.

한참 말이 없던 서필규는 진우의 상황이 이해가 간다는 듯 말해왔다.

-뭐 어쨌든, 조성웅 검사 번호 따는 거야 어렵지 않은데…… 그 초임검사는 어떻게 할 거야?

"잘 모르겠습니다. 기회를 주고 싶어요."

-기회라…… 그럼 방법은 하나뿐이네.

"방법이 있습니까?"

진우는 서필규의 말에서 작은 힌트라도 얻고 싶은지 되물었다.

-네 쪽으로 감아.

"그 말씀인즉슨…… 이중 첩자로 쓰시라는 말씀이신가요?"

-그래. 너 걔가 왜 김영배의 끄나풀이 되겠다고 선택한지 모르겠어?

진우는 아무런 대답도 하지 못했다. 아무리 생각해도 박지수의 행동이 이해가 가지 않았기 때문이다.

-그래, 뭐 초임 때부터 중앙지검 발령받고 뛰어난 활약을 펼치면서 고속도로 탄 현진우는 잘 모를 수도 있겠네.

"선배님……."

-농담 아니야. 인마, 걔 로스쿨 출신이라 아등바등 조직에서 살아남으려고 하는데 김영배가 그거 안 노렸겠어?

서필규의 말에 진우는 누군가 자신의 머리를 세게 한 방 때린 것과 같은 충격을 받았다.

-전임도 수습 검사 한 명 맡았었다며? 보나 마나 춘천지검으로 갔으면 사시 출신이긴 해도 검사 임용 성적이 낮아서 눈에 들려고 좀 노력했겠어?

"그렇다는 건……."

-그래, 김영배가 강릉시장이랑 범죄 공동체라고 봤을 때 부패 수사를 막아야 할 이유가 있었을 거고, 그것도 수사 초기에 막아야 한다면 네가 간 317호실로 수습 넣어서 정보를 빼내려고 했겠지.

서필규의 말에 진우는 고개를 끄덕였다. 모든 정황이 서필규가 말한 것과 똑같이 흘러갔으니까.

“그런 것 같습니다. 김영배 검사장 아주 질이 나쁜 짓을 한 거 같습니다. 다른 사람의 절박함을 이용하다니요.”

진우는 화가 치솟아 올랐다. 김영배는 초임검사들의 절박함을 이용해 자신의 이권에 강제적으로 개입시킨 거나 다름없었다.

-그러니까, 그 수습 검사한테 길을 열어줘. 기회를 주고 싶다며? 그럼 출구를 네 손으로 만들어줘. 직무강요죄가 왜 있겠냐? 우리 같은 공무원은 힘으로 찍어 누르면 따를 수밖에 없다는 거 잊지 말고.

“무슨 말씀인지 알 것 같습니다. 하지만 이중 첩자로 쓰라는 말은 잊어버리겠습니다. 그렇게 한다면 김영배와 제가 다를 게 없으니까요.”

-그래, 넌 똑똑한 놈이니까 내 말 잘 알아들었을 거야. 그리고 그 강릉시 소나무 사건은 이 선배한테 맡겨.

서필규의 입에서 의외의 말이 흘러나오자 진우는 의문스럽다는 듯 고개를 갸웃했다.

“선배한테요?”

-그래. 그거 지역 언론에서 터뜨려 봤자, 지역 사건밖에 더 되겠냐? 그러니까 김영배가 지금까지 뭉갤 수 있었던 거고 말이야.

“그럼 중앙에서…….”

-그래, 우리 현진우 검사님은 참 똑똑하긴 한데 너무 정공법을 좋아해. 상대가 짬으로 널 밀어 내리면 너도 김영배보다 더 짬이 있는 사람을 이용하란 말이야.

"그럴 만한 분이……."

-얼씨구, 권태영 줄 잡았다며? 그 줄은 뒀다가 나중에 국 끓여 먹을래? 권태영은 네 도구야. 도구를 손에 잡고 있으면 휘둘러.

서필규의 말에 진우는 고개를 끄덕였다. 이전 삶과 다른 점이 하나 있다면, 지금은 외압을 버틸 수 있는 뒷배가 진우에게는 있었다.

"무슨 말씀인지 알 것 같습니다."

-그래. 너는 권태영을 휘두르고, 나는 중앙에서 언론을 좀 만져볼게. 김영배가 네 수사를 방해 못 하게 해야겠어. 곧 좋은 소식 들릴 거다.

"선배님…… 감사합니다. 매번 도움만 받고……."

-야 인마, 이럴 때 후배 챙기라고 선배 있는 거니까 그런 말은 말고, 나한테 고마워하는 그 마음만 있으면 돼.

"네, 알겠습니다. 정말 감사드립니다."

-그래, 나중에 통화하자.

서필규와 통화를 마친 진우는 생각을 정리했다. 김영배와 제대로 된 전쟁을 치르기 전에 박지수에게 출구를 만들어줘야 했다.

"박지수도 어찌 보면 희생양이지."

물론 박지수도 개인적인 성공을 위해 받아들인 점이 있었겠지만, 사실 박지수에게 선택권은 많지 않았을 것이다.

상급자가 조직 내 지위를 대가로 부당한 일을 시켰을 때, 거절하면 반대로 불이익을 받지 않을까 걱정되는 것은 당연했다.

당장, 진우 자신도 박지수와 똑같은 처지일 때 김영배의 제의를 거절하지 못했을 것이라고 생각했다.

"문제는 출구를 어떻게 만들어주냐 이건데……."

진우가 한참 혼잣말을 하며 생각을 정리하고 있을 때, 휴대전화에서 다시 진동이 울렸고, 화면을 확인한 진우는 심각한 표정으로 통화 버튼을 눌렀다.

-선배님, 저 박지수예요. 잠시 뵈었으면 하는데…….

✱

관사가 있는 아파트 단지 내의 호프집, 진우는 박지수의 전화를 받자마자 이곳으로 왔다.

"선배님, 오셨어요?"

박지수는 술을 엄청나게 마신 듯 비틀거리며 자리에서 일어나 진우를 향해 고개를 숙였다.

"이거 혼자 마신 겁니까?"

진우는 테이블 위에 널브러진 술병들을 보며 박지수에게 물었고, 박지수는 민망한 듯 살짝 웃으며 대답했다.

"네. 혼자……."

박지수는 반쯤 꼬인 혀로 말하다 중심을 잡지 못하고 휘청거렸고, 진우는 박지수를 부축해 자리에 앉힌 후 맞은편에 앉았다.

"이렇게 술을 많이 마신 이유가 있습니까?"

"그냥, 그냥 좀 답답해서요."

박지수의 마지막 말로 두 사람의 사이에는 정적만이 흘렀다.

진우는 어떻게 말을 꺼내야 할지 아직 마음을 정하지 못한 상황이었다.

"선배님."

박지수는 자세를 고쳐 잡고 앉아 두 눈을 똑바로 뜨고 진우를 바라보았다.

"저에게 하신 말씀…… 지금 잘하고 있다는 말씀 말이에요…… 진심이세요?"

마치 박지수는 한 번 더 확인하고 싶다는 듯 물어왔고, 진우는 진지한 표정으로 고개를 끄덕였다.

"사실입니다. 내가 박 검사에게 얘기했듯 수습 검사답게 부족한 점도 많습니다. 솔직히 처음엔 조금 답답했습니다. 왜 이걸 못 하지? 같은 생각이 들었던 것도 사실이고요."

박지수는 진우의 말에 집중하고 있었고, 진우는 여전히 진지한 표정이었다.

"그런데 박 검사는 수습 검사잖아요. 누가 처음부터 잘 할 수 있겠습니까? 그렇게 생각하니 박 검사의 다른 장점들이 보이기 시작하더군요."

"장점이요?"

"이해력이 빠르고, 실행력이 있다는 거 말입니다. 내가 백날 설명해 봤자 듣는 상대가 이해 못 하면 무슨 소용 있겠습니까? 하지만 박지수 검사는 이해력이 빨라 제가 가르쳐 준 것을 그대로 써먹죠. 눈치도 빠르고요."

박지수는 금방이라도 울 것 같은 두 눈으로 진우를 바라보았다.

"충분히 잘하고 있어요. 어찌 보면 이 조직이 만든…… 박지수 검사에겐 가혹한 페널티를 뛰어넘는 모습을 보여주고 있어요. 저는 박 검사가 앞으로도 잘 해낼 수 있다고 생각합니다."

진지한 표정의 진우가 말을 마치자 박지수는 고개를 숙이고 어깨를 들썩였다.

"선배님, 감사해요. 저는 선배님이 제게 말씀도 놓지 않으시고, 늘 딱딱한 말투로 말씀하시길래…… 선배님의 속마음을 그동안 몰랐어요."

박지수는 마치 마음속에 담아뒀던 말들을 다 표현하겠

다는 듯 빠른 속도로 진우에게 말해왔다.

"선배님, 정말 죄송해요."

"뭐가 말입니까?"

박지수는 고개를 들어 진우를 바라보았는데 눈 주변이 온통 눈물범벅이었다.

말해야 했다.

앞에 앉아 있는 지도 검사가 모든 사실을 알아차리고 자신에게 실망하기 전에 모든 진실을 자신의 입으로 말해야겠다고 마음먹은 박지수는 숨을 고르고는 입을 열기 시작했다.

"저 김영배 검사장이 선배님 감시하라고 보낸 스파이예요."

CHAPTER 5

다음 날, 박지수는 출근하자마자 자리에 앉아 자신의 지도 검사인 진우를 바라보고 있었다.

'뭐라고 화라도 내시지…….'

자신이 모든 것을 진실대로 얘기한 이후 진우는 아무런 반응이 없었다.

화를 낼 법도 하고, 자신의 지도를 포기할 법도 한데 현 진우는 평소와 똑같이 자신을 대하고 있었다.

'이게 더 불편해…….'

박지수는 진우가 평소와 같이 자신을 대하는 것이 오히려 더 불편해졌다.

"네, 오늘 말입니까? 선배, 감사합니다. 네, 나중에 연락드리겠습니다."

진우는 통화를 마치고는 박지수를 바라보았다.

"박 검사."

박지수는 손을 턱에 괸 채로 자신을 바라보며 넋 놓고 있었다.

"박지수 검사."

"네, 네? 선배님."

한 번 더 부르자 박지수는 자리에서 일어났다.

"잠시 얘기 좀 할까요?"

진우의 부름에 박지수는 한달음에 진우의 곁으로 다가왔다.

"박 검사."

"네, 선배님."

"특수 수사에서 제일 중요한 게 뭐라고 생각합니까?"

"트, 특수 수사요?"

박지수는 난데없이 자신을 향해 특수 수사에 관해 물어오는 진우의 속내가 궁금해졌다.

"잘 모르겠습니다. 죄송합니다."

"죄송할 것까지야 있겠습니까? 박 검사가 너무 어렵게 생각을 하는 것 같은데 아주 간단합니다. 정보입니다."

"저, 선배님 잠시만요."

박지수는 진우의 말을 끊고는 자신의 자리로 돌아가 수첩과 볼펜을 가져왔다.

"정보……."

진우는 자신이 말한 것을 읊조리며 수첩에 적는 박지수를 바라보며 피식 웃음을 터뜨렸다.

“들어온 정보를 파악하는 게 우선입니다. 아주 작은 정보라도 그것을 맨 위에 두고 퍼즐 조각을 맞추듯 살을 붙여 나가는 거죠.”

진우는 진지한 표정으로 박지수를 바라보며 계속해서 말을 이어나갔다.

“자, 그럼 이걸 지금 상황에 대입해 봅시다. 우리에게 지금 있는 정보는 강릉시청에서 인허가를 내어준 소나무 굴취업자가 정선랜드에 소나무 한 그루당 700만 원을 받고 팔았는데, 사실은 350만 원에 거래되었다는 정보가 있습니다. 그럼 우리가 이 사건을 정식으로 수사하려고 한다면 제일 먼저 해야 할 일은 뭘까요?”

진우의 질문에 박지수는 한참 고민하는 듯 아무런 답을 하지 않았다.

“박 검사는 다 좋은데, 처음부터 완벽한 답을 말하려는 버릇을 버렸으면 좋겠네요. 제가 한 말을 잘 생각해 보세요. 이 사건의 첫 시작에 관련된 사람은 누구죠?”

“정선랜드의 거래 담당자인가요?”

“그보다 더 앞으로 가 봅시다.”

진우의 물음에 골똘히 생각하던 박지수는 조심스레 입을 열었다.

"소나무 굴취업자인가요?"

"좀 더 앞으로요. 밑에서부터 타고 올라간다고 생각하세요."

"강릉시청에서 허가를 내준 공무원일까요……?"

자신 없는 듯한 박지수의 답에 진우는 손가락을 튕기며 자리에서 일어나 김준규를 바라보았다.

"김 계장님."

"네, 검사님."

"긴급체포 준비해 주세요. 소나무 굴취 허가를 내준 공무원 있죠?"

"네. 산림과 과장입니다."

"신병 확보해 주시고, 내일 강릉지청을 통해서 긴급체포하도록 합시다."

"이 사건 정식 수사로 전환하시려고요?"

수사관 김준규는 무언가 걱정되는 듯 진우를 향해 물었고, 진우는 고개를 끄덕였다.

"네, 해야죠. 김 계장님께서 무슨 걱정을 하고 계시는지 알겠는데, 큰 문제 없을 겁니다. 긴급체포 후에 바로 구속영장 칠 수 있도록 준비해 주시고요."

"네, 알겠습니다."

김준규와 대화를 마친 진우는 놀란 표정으로 서 있는 박지수를 바라보았다.

"잘했습니다. 박지수 검사가 말한 대로 허가를 내준 공무원부터 조사하면서 타고 올라갈 겁니다."

"저…… 검사님……."

진우는 조심스레 자신을 불러오는 박지수를 바라보았다.

"제게 이런 걸 가르쳐 주시는 이유가 뭐죠? 저는 검사님의 믿음을 배신……."

"제가 가르치는 수습 검사니까요."

진우는 박지수의 말이 듣기 싫은 듯 끊어버리고는 단호한 표정으로 대답했다.

"물론 박지수 검사는 저를 배신했죠. 화가 나기도 합니다. 하지만 조직의 풍토가 그렇게 만들었는데 누굴 탓하겠습니까? 박 검사에게도 기회를 주고 싶어요."

진우는 진심을 얘기하기 시작했다.

"그리고, 저는 박지수 검사의 지도 검사고, 박지수 검사는 저의 지도를 받는 수습 검사죠. 다른 이유는 없습니다. 저는 제 본분을 다할 뿐입니다."

"선배님, 죄송합니다. 그리고 정말 감사드려요."

박지수는 이것이 진우가 선택한 자신을 용서하는 방법이라는 것을 느낀 듯 진우를 향해 고개를 숙였다.

"뭐 해요? 인사는 나중에 하고, 내일 공무원 긴급체포된다는 얘기 못 들었습니까? 박지수 검사가 주임 검사라면 피의자를 상대로 물어볼 것 같은 질문들을 작성해서 가져오세요."

진우가 그렇게 말하며 미소를 짓자, 박지수 또한 진우를 바라보며 활짝 웃었다.

"네, 알겠습니다."

*

"죄송합니다. 항상 제가 늦는군요."

"김 검사장, 매번 멀리 있는 곳까지 오느라 수고가 많습니다."

강릉시장의 관사, 오늘은 매달 있는 모임에 참가하기 위해 춘천지검장 김영배가 관사로 들어서자 이미 이곳에는 리버원조경의 사장과 정선랜드의 사장이 자리하고 있었다.

"아닙니다. 매달 한 번은 와야지요. 그것이 우리의 약속 아닙니까?"

김영배의 말에 강릉시장 오선택은 웃으며 자리에 앉으라는 듯 손짓했다.

"그래, 내 듣자 하니 이번에 춘천지검에 문제아가 발령받아 왔다면서요?"

김영배가 자리에 앉자마자 맞은편에 앉은 정선랜드의 사장이 비아냥대듯 물어왔다.

"문제아라니요?"

"그, 왜 검찰총장을 밀어낸 평검사라고 하던데."

김영배는 항상 이 자리에서 자신만 보면 저리도 시비를 걸어오는 정선랜드의 사장이 마음에 들지는 않았지만, 웃으며 입을 열었다.

"그 친구가 왜 문제아입니까? 검찰 입장에서, 또 제 입장에서는 복덩이지요."

"그래요?"

두 사람의 얘기를 듣던 강릉시장 오선택이 물어오자 김영배는 고개를 끄덕이며 오선택을 바라보았다.

"그럼요. 전 검찰총장은 저 같은 특수부 검사들에게는 비협조적이었습니다. 춘천지검장을 마지막으로 옷을 벗어야 하나 싶었는데 총장을 그만두게 했으니 저로서는 그 친구가 복덩이나 다름없지요."

"그렇군요. 나는 걱정했습니다. 그 친구 뒷배도 좋다고 하던데요?"

"누가 그런 소리를……."

오선택의 말에 김영배는 의아하다는 듯 물었고, 오선택은 고갯짓으로 정선랜드 사장을 가리켰다.

"하하하, 우리 송 사장님께서는 참으로 남의 집 일에 관심이 많으신 것 같습니다."

"어허, 그게 어디 남의 일입니까? 다 이게 우리 시장님께서 이번 임기를 무사히 마치시고 중앙으로 가실 때까지는 우리가 먼저 나서야지요. 그렇지 않습니까? 시장님?"

"허허허, 우리 송 사장이 신경을 써주는 덕분에 내가 참 편합니다."

마치 오선택의 심기까지 경호하겠다는 듯 아양을 떨어대는 정선랜드 사장의 모습이 역겨워져 왔지만, 내색하지 않겠다는 듯 김영배는 웃으며 입을 열었다.

"어쨌든 그 친구는 제가 잘 관리할 수 있습니다."

"그래요? 그렇지 않아도 내 송 사장에게 얘기를 듣고는 걱정이 이만저만이 아니었습니다."

오선택의 물음에 김영배는 고개를 끄덕였다.

"이러나저러나 우리 검찰 특수부는 기수를 중시합니다. 그리고 그 친구와 저 사이에는 넘을 수 없는 지위의 차이도 있고요."

"검찰총장도 몰아낸 친군데 검사장을 무서워하겠습니까?"

옆에서 자꾸 깐족대듯 말을 해오는 송 사장의 질문에 김영배는 입꼬리가 파르르 떨렸는데, 이내 다시 웃으며 입을 열었다.

"검찰총장은 특수부 출신이 아니었지요. 그렇지 않아도 이번에 그 친구가 어디서 냄새를 맡았는지 리버원조경과 정선랜드의 거래를 내사한다길래 중지시키고 온 참입니다."

김영배는 진우의 내사를 중지시킨 것을 당당하게 이들

앞에 털어놓았고, 강릉시장 오선택은 웃으며 김영배를 바라보았다.

"그래요? 그 친구가 받아들이던가요?"

"그럼요. 제가 내사 중지를 명령하니 군소리 없이 받아들이더군요."

"하하하, 역시 검찰 특수부입니다. 밖으로 휘두르는 칼만 무서운 줄 알았더니 안에서도 위계질서가 딱 정해져 있군요."

오선택의 말에 정선랜드 사장의 표정은 썩어 들어갔고, 김영배는 한껏 어깨가 올라가기 시작했다.

"예. 여기 계신 분들보다는 못한 처지라 우리 송 사장님께서 걱정하셨나 본데, 나름대로 조직 내에서는 방귀 좀 뀌는 위치입니다."

"그런데 그 친구의 뒷배도 대단하다면서요?"

"시장님, 걱정하지 마십시오. 그 친구의 뒷배라는 사람은 대구고검에 있습니다. 그리고 그 양반도 차기 총장을 노리는 터라 적을 만들려고 하지 않을 겁니다. 너무 걱정하지 마십시오. 이곳은 제 영역이나 다름없으니까요."

"하하하, 이것 참 송 사장께서 우리 김 검사장님께 사과하셔야겠습니다."

오선택이 그렇게 말하자 정선랜드 사장은 삐죽 튀어나온 입으로 김영배를 향해 입을 열었다.

"우리 시장님께서 큰일을 하셔야 하는데 혹시라도 발목이 잡히실까 내가 걱정되어서 그랬습니다. 김 검사장 미안합니다."

"아닙니다. 저도 송 사장님 마음과 같으니 이해가 됩니다. 다만, 우리 조직 내의 일은 제가 잘 처리하고 있으니, 우리 어르신들께서는 걱정 붙들어 매셔도 될 것 같습니다."

김영배의 말에 오선택과 리버원조경의 사장은 웃으며 고개를 끄덕였고, 정선랜드의 송 사장은 무엇이 그리도 마음에 들지 않는지 입을 삐죽 내밀었다.

"자자, 우리 김 검사장도 송 사장의 말에 기분이 나빴다면 내가 대신 사과하지요. 송 사장같이 나서서 걱정해 주는 사람이 있어야 우리의 일도 편해지지 않겠습니까? 잔들을 드시지요."

오선택은 특유의 인자한 얼굴로 김영배와 송 사장의 사이를 중재하고는 잔을 들어 올렸고, 모두가 술잔을 들어 올렸다.

"다들 바쁜 와중에도 매달 이곳으로 와주셔서 저를 도와주시니 이 몸은 고마울 따름입니다. 내 여러분이 나를 위해 뛰어주고 도와주신 것들은 잊지 않겠습니다. 건배."

"건배!"

오선택의 건배사로 술잔이 몇 순배 돌기 시작하자 서로를 견제하던 아까의 모습은 찾아볼 수 없이 모임 자리는 화목하게 흘러가고 있었다.

"송 사장, 이번에 내 처조카가 정선랜드에 취직하기 위해서 면접을 봤다고 하는데 잘 좀 부탁허이."

"그렇습니까? 시장님, 그런 일이 있으시면 면접 전에 제게 귀띔을 해주셨으면 좋았을 텐데요."

"하하, 송 사장 바쁜 거 아는데 내가 그럴 수가 있나?"

"내일 보좌관을 통해서 제게 처조카분 이름을 보내주십시오."

"그래, 그래. 늘 고마워."

이 자리에서는 마치 꺼릴 것이 없다는 듯, 서로 밀고 당겨 주는 것이 당연하다는 듯 스스럼없이 부탁해 왔고, 또 받아들여졌다.

그렇게 강릉시장의 관사에서는 큰 웃음소리가 떠날 줄을 몰랐는데 모두가 술독에 빠져 있을 그때, 관사의 문이 열리며 오선택의 보좌관이 창백한 얼굴로 달려 들어왔다.

"자네, 어른들 계시는데 이 무슨 짓이야!"

"시, 시장님. 큰일 났습니다."

"큰일? 왜 어디 사고라도 났나?"

보좌관의 말에 오선택은 술기운이 확 달아난 듯 물었고, 보좌관은 식은땀을 흘리며 안절부절 서 있었다.

"어허, 빨리 말해보래도!"

"지금, TBS 아홉 시 뉴스에……."

"아홉 시 뉴스에? 답답하게 굴지 말고! 속 시원하게 말해!"

"시장님과 여기 계신 분들의 유착 관계를 파헤치는 보도가 나왔습니다."

보좌관의 입에서 폭탄과도 같은 말이 나오자 모두 술이 깬 듯 놀란 표정으로 보좌관의 얼굴만 바라보았다.

"그, 그게 무슨 말이야!"

"네 꼭지 분량의 기사로 10분가량 소나무 굴취부터 미심쩍은 사건 무마, 자금 흐름에 대한 보도가……."

보좌관의 입에서는 자신들이 한 일이 필터링 없이 흘러나왔는데 모두는 놀란 입을 다물지 못했다.

"추, 출처는 어디야! 그 인간들이 보도하게 된 출처가 있을 거 아닌가!"

"잘 모르겠습니다. 추측만 하건대…… 검찰 쪽이 아닐까 싶습니다."

보좌관의 입에서 검찰 얘기가 흘러나오자 모두의 시선은 김영배를 향했고, 김영배는 당황스러운 듯 침을 튀기며 보좌관을 향해 입을 열었다.

"검찰이라니! 확실한 거야!"

"기사 중에 춘천지검에 있다가 전주로 간 검사의 얘기가 나온 걸 봐서는 그쪽에서 흘린 게 아닐까 합니다. 대검에서는 이미 파악한 상태이며 곧 춘천지검장님에 대한 감찰에 들어간다는 코멘트가 있었습니다……."

보좌관의 말에 강릉시장 오선택은 혈압이 오른 듯 목덜미를 잡았고, 정선랜드의 송 사장은 눈을 부라리며 김영배를 향해 손가락질했다.

“김영배 검사장! 당신만 믿으라고 하지 않았습니까? 이게 뭐요!”

“지, 진정하십시오. 어차피 의혹 보도일 뿐입니다.”

“대검에서 당신을 감찰한다는 얘기 못 들었습니까? 그렇게 되면 당신이 수사를 무마시킨 것도 금방 들통이 날 텐데!”

“걱정하지 마십시오. 담당 검사는 제 편입니다. 제가 잘 수습하겠습니다.”

김영배는 마치 평정심을 잃지 않으려는 듯 말하며 자리에서 일어나 모두를 바라보았다.

“지검으로 돌아가 제가 정리부터 해놓겠습니다. 다들 걱정하지 마시고 집으로 돌아가시지요.”

김영배가 그렇게 말하자 정선랜드 송 사장은 자리에서 일어나 김영배를 노려보았다.

“확실하게 하시오! 확실하게!”

송 사장은 그렇게 말하고 오선택에게 인사하고 발걸음을 옮기며 중얼거리기 시작했다.

“쥐뿔도 없는 놈 검사장이라고 챙겨줬더니, 제대로 하는 게 없어. 쯧쯧.”

마치 김영배가 들으라는 듯 중얼거리고는 관사를 나가 버렸고, 김영배의 표정은 썩어 들어갔다.

*

「[단독] 정선랜드의 수상한 거래. '소나무 비자금' 조성 의혹.」

「[단독] 춘천지검장 정선랜드 수사 무마 의혹 불거져. 끊이지 않는 검찰 비리.」

「[단독] 대검찰청 "이미 인지하고 있는 중, 김영배 춘천지검장에 대한 감찰 시사.」

「[단독] 의혹투성이 강릉시, 소나무 조경업체 인허가에 오선택 시장 개입?」

다음 날, 진우는 아침 일찍 출근해 정식 수사 시작을 준비하고 있었다.

서필규가 힘을 쓴 것인지 전날 지상파 메인 뉴스에서 네 꼭지 분량의 보도가 나오자 후속 보도까지 쏟아지며 이제는 덮으려야 덮을 수 없는 사건이 되어버렸다.

"검사님, 김 계장님은 바로 강릉으로 가셨어요."

"알겠습니다."

김준규는 강릉시청 공무원의 긴급체포를 위해 강릉으로

향했고, 진우는 그에 맞춰 피의자 심문을 준비하고 있었다.

"선배님, 괜찮을까요?"

자료를 정리하는 진우의 옆에서 박지수는 무언가 걱정인 표정과 말투로 진우를 향해 입을 열어왔다.

"그…… 불안해서요. 주제넘었다면 죄송합니다."

박지수는 김영배에게 걸려오는 연락을 받지 않고 있다고 진우에게 알려왔었다. 아마도 그런 것들이 복합되어 걱정하는 듯했다.

"박 검사."

"네, 선배님."

"우리 조직, 그러니까 검찰은 어떤 존재입니까?"

진우의 입에서 나온 의외의 물음에 박지수는 고민하다 조심스레 입을 열었다.

"우리 사회의 법과 질서를 바로 세우는 법 집행 기관입니다."

박지수는 검찰의 역할에 대해 얘기해 왔고, 진우는 결연한 눈빛으로 박지수를 바라보며 이야기를 이어나갔다.

"그런데, 지금 우리 조직은 어떻습니까?"

진우의 질문에 박지수는 한참 고민하는 듯했다.

자신의 앞에 있는 지도 검사 현진우는 늘 이런 식이었다.

답을 시원하게 알려주는 것이 아니라 자신에게도 한번 생각해 보라는 듯 물음을 던져왔다.

진우는 한참 후에도 박지수가 답하지 못하자 피식 웃고는 이내 굳은 표정으로 입을 열기 시작했다.

"내가 무엇을 믿고 지검장과 싸움하는 것인지 박 검사로서는 의문스러울 수 있겠죠. 하지만, 우리는 법을 지키고 집행해야 하는 사람입니다. 법은 오로지 하나입니다. 박지수 검사 같은 초임이나 김영배 검사장이나 똑같은 법을 적용받는 거고, 법 앞에서는 모두가 평등합니다. 그게 내가 김영배 검사장을 수사하는 이유의 전부입니다."

진우는 자신의 말에 고개를 끄덕이는 박지수를 바라보며 이야기를 이어나갔다.

"박지수 검사가 하는 걱정이 무엇인지 알겠습니다. 하지만 저도 그렇게 호락호락한 인물은 아니라서요."

진우는 그렇게 말하며 전화가 걸려와 진동이 울리는 휴대전화를 박지수에게 흔들어 보였다.

"눈에는 눈, 이에는 이. 상대가 직급으로 눌러오면 나도 동원할 수 있는 모든 방법을 동원하면 됩니다."

진우는 그렇게 말하고는 휴대전화의 통화 버튼을 눌렀다.

"네, 검사장님."

진우의 입에서 검사장이란 소리가 흘러나오자 박지수는 의문스러운 표정으로 바라보았다.

"아직입니다만, 곧 오지 않을까 하고 있습니다. 아, 그렇습니까? 감사합니다. 네, 나중에 연락드리겠습니다."

진우는 통화를 마치고는 박지수를 바라보았다.

"곧 손님들이 올 테니 준비해야겠습니다."

"통화 상대가 누구신지 여쭤봐도……."

"대구고검의 권태영 검사장님이십니다. 중수부 상관이셨고요."

박지수는 이제야 진우가 말한 눈에는 눈 이에는 이의 정체를 알 것 같았다.

두 사람이 한참 대화를 나누고 있을 때 검사실 문이 활짝 열리더니 다급한 표정의 김영배가 문 앞에 서 있었다.

"지검장님……."

실무관 정혜수가 놀라 자리에서 벌떡 일어나 김영배를 향해 고개를 숙였다.

"현 검사, 자네 인맥 좀 빌려주게."

진우는 자리에서 일어나 검사실의 입구로 다가갔고, 박지수는 김영배의 눈치가 보이는 듯 진우의 뒤에 서서 고개를 숙였다.

"검사장님 오셨습니까?"

"인사는 나중에 하고, 지금 권태영 검사장이랑 통화가 되나?"

"권태영 검사장님 말씀입니까?"

"그래, 권 검사장이 총장 직무대행과 연결고리가 있지?"

"네. 중수부장 되실 때 직무대행께서 꽤 많은 도움을 주셨다고 들었습니다."

"그래, 그래. 잘됐네."

김영배는 아직 사실을 모르는 듯 다행이라는 표정으로 진우를 향해 손짓을 해왔다.

"권태영 검사장과 지금 통화되나?"

"조금 전에도 권태영 검사장님과 통화했습니다."

"그래? 무슨 일로……."

"곧 검사장님을 위한 손님들이 올 거라고 알려주시더군요."

"나를 위한?"

진우의 말에 김영배는 의아하다는 듯 진우를 바라보았다.

"곧 오실 때가…… 아, 마침 저기 오시네요."

그때, 김영배의 뒤로는 한 무리의 남자가 계단에서 올라왔다.

"김영배 검사장님 안녕하십니까? 대검찰청 감찰본부에서 나왔습니다. 총장 직무대행과 법무부 장관께서 발부하신 감찰 명령장이고요. 정선랜드 및 강릉시청에 대한 수사 무마하신 적 있으시죠? 주임 검사들을 압박하셨다던데."

감찰본부에서 나온 것으로 보이는 감찰관은 상대가 검사장이라도 상관없다는 듯 한바탕 말을 쏟아내고는 품속에서 서류를 꺼내 김영배의 앞에 펼쳐 보였다.

"여기가 어디라고 우르르 몰려와서 이게 무슨 짓이야!"

김영배는 마치 받아들이지 않겠다는 듯 대뜸 소리부터 질렀고 김영배가 지른 소리가 2층 복도를 쩌렁쩌렁 메우자 다른 검사실의 문이 하나둘 열리더니 사람들이 쏟아져 나와 이 상황을 구경하는 듯했다.

"여기는 춘천지검이야! 내 허락 없이는 그 누구도 수사할 수 없다고!"

김영배는 아무 말이나 하며 감찰관을 상대로 우기기 시작했다.

"감찰 명령장에 따라 현 시간부로 감찰 조사가 끝날 때까지 김영배 검사장님께서는 춘천지검장으로서의 모든 업무가 중지되며, 대검 훈령 제235호 16조에 따라 감찰 대상자는 모든 감찰 업무에 협조하여야 합니다."

"감찰 명령 받아들일 수 없네!"

"예, 뭐 이의제기는 총장 직무대행께 하시면 되고요. 일단 가실까요."

감찰관이 그렇게 얘기하자 뒤쪽에 서 있던 사람 둘이 다가와 김영배의 양쪽 팔을 잡았고, 김영배는 자신의 팔을 잡은 손들을 뿌리치고는 진우를 바라보았다.

"놔! 이봐, 현 검사 뭐 하나! 다들 뭐 해! 구경만 할 건가?"

진우는 자신을 바라보며 윽박지르는 김영배를 향해 고개를 숙였다.

"검사장님, 다녀오십시오. 다녀오시거든 모든 수사가 끝나 있을 것 같습니다.”

진우가 그렇게 말하자, 김영배는 이제야 모든 것을 알겠다는 듯 진우를 향해 소리를 지르기 시작했다.

“현진우, 너 이 새끼! 제 버릇 남 못 준다더니, 또 조직 내 식구를 공격해! 너 같은 놈들이 조직의 암적인 존재야! 감히 평검사 주제에 검사장의 뒤통수를 쳐?”

김영배는 진우를 향해 고래고래 소리를 질러왔고, 진우는 고개를 들고는 굳은 표정으로 김영배를 바라보았다.

“검사장님, 마지막으로 충언 한 말씀 올리겠습니다. 더는 조직을 입에 올리지 마십시오. 조직의 암적인 존재는 검사장님이십니다.”

“이…… 이익!”

진우가 그렇게 말하자 분을 참지 못하겠는지 손을 들어 진우의 뺨을 때리며 소리쳤다.

“현진우, 네가 이러고도 여기 춘천지검에서 제대로 생활할 수 있을 거 같아! 여기는 내 영향력이…….”

“그런 말씀은 판사 앞에서 하시지요.”

진우는 김영배의 말을 무시하고는 검사실 안으로 들어갔고, 김영배는 진우의 뒷모습을 보며 부들부들 떨었다.

✻

[검찰이 오늘 오선택 강릉시장을 구속기소 하며 일명 '소나무 게이트' 의혹과 관련된 수사를 마무리합니다.

정선랜드의 사장, 리버원조경의 사장 등도 뇌물 수수 및 업무상 횡령 혐의로 구속기소 하였습니다.

해당 사건의 수사를 무마 및 방해를 한 의혹을 받았던 김영배 춘천지검장 또한 공무집행방해·위증교사 등 혐의로 구속영장이 발부되며 현직 검사장 신분으로는 두 번째로 법정 구속되었습니다.

한편, 법무부 장관은 연이은 검찰 조직의 기강 해이에 부끄럽고 참담한 심정이라며 내일 대국민 사과를 할 것으로 알려졌습니다.]

"장관 불호령 떨어져서 우리 지검은 난리다 난리."

한 달 후, 춘천 모처의 식당에는 진우와 서필규, 그리고 주성민이 오랜만에 뭉쳐 식사하고 있었다.

TV에서 흘러나오는 뉴스를 한참 집중해서 보던 서필규가 진우를 향해 계속해서 말을 이어나갔다.

"원래 같았으면 총장이 사과하고 말았겠지만, 지금은 직무대행 체제잖냐. 장관도 대국민 사과하기 싫어했는데 BH에서 찍어 눌렀나 봐."

아무래도 최근 검찰 내부의 비리, 검찰 출신들의 비리가 쏟아지며 여론은 검찰을 비판했고 거기서 더 나아가 검찰 개혁에 실패했다며 정부가 욕을 먹고 있는 상황이었다.

"최근에 좀 시끄러웠어야지."

서필규의 말을 듣고 있던 주성민은 모두를 바라보며 입을 열었다.

"재작년 스폰서 문제부터 시작해서 검찰총장마저 수사 정보 유출했다는 의혹으로 재판받는 판에 현직 검사장까지 구속되었으니 말이야."

주성민의 말에 진우와 서필규는 고개를 끄덕이며 집중했다.

"사실 여기 올 때는 현 프로 너 혼내려고 왔었다."

"그래, 인마. 주 선배가 너는 왜 자꾸 일을 키우냐면서 막 나한테 뭐라고 하시는데……."

진우를 향해 웃으며 떠들던 서필규는 주성민의 눈초리에 순간 입을 꾹 다물었다.

"현 프로."

"네, 선배님."

진우는 진지한 표정으로 자신을 부르는 주성민을 바라보았다.

"잘했다."

진지한 표정을 지으며 해오는 주성민의 칭찬에 진우는

웃으며 살짝 고개를 숙였다.

“처음에는 화를 내야 할까 고민도 많이 했다. 현 프로 네가 특검으로 파견 나간 날부터 단 하루도 조용히 있지를 않았으니까.”

주성민의 말에 서필규도 피식 웃음을 터뜨렸고, 진우는 민망한 듯 고개를 들지 못했다.

“나한텐 숙이라, 당분간 참아라, 권력을 잡기 전까지는 참아야 한다는 놈이 왜 그럴까 싶었는데, 가만 보면 문제는 현 프로 너한테 있는 게 아니라 네 상대에 있었어.”

주성민은 진심을 담아 진우를 향해 이야기했다.

“잘했다. 이 말 해주고 싶어서 왔다. 하다못해 초임검사의 절박함을 이용해서 제 잇속 챙겨 먹는 놈을 벌하지 못하면 우리 검사가 있을 필요가 없지. 안 그러냐?”

“그럼요. 우리 진우 같은 사람이 김영배 같은 나쁜 놈 잡아넣어야, 조직 내에서 한평생 성실하게 살아온 선배들이 성실하게 살았다는 이유만으로 조롱 안 받지.”

주성민의 말에 서필규가 거들자 진우는 다시 한번 고개 숙였다.

“감사합니다. 선배님들 덕분에 든든합니다.”

진우는 자신을 걱정해 주는 선배들을 향해 진심을 담아 인사했다.

“그나저나 그 초임검사는 어떻게 할 거야? 제 입으로 너한테 사실을 얘기했다며?"

서필규는 궁금한 표정으로 박지수에 대해 진우에게 물었다.

"놀랐습니다. 화도 많이 난 것도 사실이지만, 모든 걸 제 입으로 얘기해 오는 그 친구한테 화를 낼 수가 없더라고요."

"잘했어. 너랑 같이 지내다 보니 뭔가 와닿은 게 있나 보네."

서필규의 말에 진우는 고개를 끄덕였고, 두 사람의 말을 듣던 주성민은 진우를 보며 입을 열었다.

"나도 그 초임검사랑 똑같은 상황이었다면, 그 초임검사처럼 했을 거다."

진우는 주성민의 말에 집중하기 시작했다.

"세상 모든 사람이 정의롭고, 해선 안 되는 일 안 하고 살면 좋겠지만, 그런 사람 없다."

주성민의 말에 진우는 동의했다. 만약 이전 삶에서 박지수와 똑같은 상황에 놓였었다면 진우 자신도 거절할 수 없었을 것이다.

"모르긴 몰라도 그 친구가 처음은 아닐 거다. 더 많은 사람이 윗선의 지시에 굴복하며 살아가고 있으니까."

"네. 그래서 그 친구를 용서할까 합니다. 선배님께서 말씀하셨듯이 제가 똑같은 상황이었어도 쉽사리 거절할 수 없었을 테니까요."

"글쎄, 우리 현진우 검사님께서는 그 자리에서 멱살을 쥐었을 거 같은데?"

두 사람의 대화를 지켜보다 끼어든 서필규의 한마디에 세 사람은 크게 웃으며 무거웠던 분위기를 환기하고는 오랜만에 만난 회포를 풀기 시작했다.

*

다음 날, 진우는 아침 일찍 출근하기 위해 관사를 나와 엘리베이터 앞에 서 있었다.

"하아암-"

그때 관사 앞집의 문이 열리더니 한 사람이 하품하며 집을 나섰고, 진우는 그 소리에 뒤를 돌아봤다가 깜짝 놀랐다.

"어."

한참 하품을 하던 상대는 진우의 목소리가 들려오자 진우를 바라보았는데, 상대도 놀란 듯 하품을 하던 그대로 그 자리에 굳어버렸다가 이내 정신을 차리고는 고개를 숙여왔다.

"선배님, 안녕하십니까?"

"박 검사, 저기 살아요?"

"네. 제가 묵는 관사입니다. 선배님께서는……."

"앞집이네요."

그렇게 말하고는 두 사람은 가만히 서서 엘리베이터를 기다렸다.

띵-

한참의 정적을 깨는 엘리베이터 도착 알림음이 들리자 두 사람은 엘리베이터에 올라탔고, 진우의 뒷모습을 지켜보던 박지수는 한참 무언가를 망설이다 결심한 듯 입을 열었다.

"선배님, 이제 말씀 편하게 해주세요. 선배님께서 제게 선을 그으시는 것 같아 너무 불편……."

두 눈을 꼭 감고 얘기를 쏟아내던 박지수는 진우의 시선이 느껴져 두 눈을 떴다.

진우는 한참 말없이 박지수를 바라보고 서 있다가 엘리베이터가 1층에 도착하자 내렸고, 박지수는 그런 진우의 모습에 자신이 실수한 것은 아닐지 걱정되기 시작했다.

"박 검사, 뭐 해. 안 내려?"

그때, 진우의 입에서 자신을 부르는 소리가 들려오자 박지수는 놀란 표정을 지었다.

"네?"

"출근해야지. 오늘부터 할 일 많을 텐데."

진우는 웃으며 그렇게 말하고는 앞장서서 걸었고, 박지수도 환하게 웃으며 진우를 따라나섰다.

"선배님! 같이 가요!"

✻

2012년 7월.

진우가 춘천지검으로 발령받아 온 지도 5개월이란 시간이 흘렀다.

부임하자마자 큰 사건을 터뜨린 통에 시간이 어떻게 흘러가는지도 모를 정도로 바빴던 현진우 검사실에도 오랜만에 평온한 일상이 반복되고 있었다.

"날씨 한번 지독하네요. 이렇게 덥고 습한 적이 있었나 싶습니다."

사무실로 들어오던 김준규 사무관은 들고 있던 서류철로 연신 부채질을 하며 모두를 향해 말했다.

어느덧 계절은 여름으로 바뀌었고, 올해 여름은 유난히 덥고 습했다.

"그나저나, 다른 수사관들이랑 밥을 먹다가 재미있는 소문을 들었습니다."

김준규의 말에 진우는 궁금한 듯 고개를 들고는 김준규를 바라보았다.

"소문이요?"

"예, 아무래도 검사님께서 김영배 검사장을 엮어서 보내셨……."

김준규는 자신이 말실수한 것이라고 생각한 것인지 입

을 막았고, 진우는 피식 웃으며 김준규를 바라보았다.

"김 계장님, 괜찮습니다."

"아무래도 제가 검사님을 모시다 보니 이번 일로 지검 내에서 검사님에 대한 평가가 나쁘지 않을까 걱정했었습니다. 춘천지검은 김영배 검사장의 세상이었으니까요."

진우는 김준규의 마음을 이해했다. 어쨌거나 김준규의 상관은 진우였기 때문에 상관의 평가가 신경이 쓰이는 것은 당연했다.

상관의 평가가 좋지 않으면 자신도 불이익이 있지 않을까 걱정하는 처지였으니까.

"그런데, 오히려 지검 내 영감님들께서 다들 좋아하는 눈치랍니다."

"그렇습니까?"

"예. 특히 차장검사님이나 부장검사님들은 검사장 자리가 나면 자신들이 갈 수 있지 않을까…… 하고 생각하신다더라고요."

김준규의 말에 진우는 이유를 알 것 같았다. 최근 시작된 검찰 간부 인사 적체 문제로 윗선에 자리가 나길 다들 바라고 있었을 것이다.

오히려 진우를 탓해올 거 같았던 간부들은 김준규의 말에 의하면 검사장 자리가 나니 좋아한다는 소리였다.

진우는 이번 일로 미운털이 박히지 않을까 걱정했지만,

괜한 걱정이었다.

"재미있네요."

"그러게나 말입니다. 영감님들 김영배 검사장한테 충성을 다하니 어찌하니 하시더니, 결국 이렇게 되니 더 좋아하시네요."

김준규의 말에 진우는 씁쓸해져 왔지만, 내색하지 않으려는 듯 웃으며 말했다.

"실무관들 사이에서도 현 검사님 인기는 상한가예요."

옆에서 두 사람의 얘기를 듣고 있던 실무관 정혜수가 입을 열기 시작했다.

"김영배 검사장님 감찰본부에 끌려가던 날요. 그날 현 검사님이 고개 숙여서 잘 다녀오라고 하신 거 다들 봤다고, 조직의 암적인 존재는 김영배 당신이라고 말한 거 다들 너무 멋있고 카리스마 있다고 난리예요."

"과장된 거 아닌가요?"

정혜수의 말에 진우는 쑥스러워하며 말했다.

"과장은요! 제가 옆에서 똑똑히 봤는데요. 그날 선배님은 정말 멋있으셨어요. 저도 나중에 그런 말을 할 기회가 있으면 선배님이랑 똑같이 할 거예요."

정혜수와 진우의 말을 듣고 있던 박지수가 끼어들어 말해오자 진우는 손가락이 오글거림을 참을 수가 없었다.

"박지수 검사, 내가 내준 과제는 다 한 거야? 곧 단독 임용 시기가 다가오는데 이럴 시간 없을 텐데?"

진우의 말에 박지수는 입을 삐죽 내밀었다.

"죄송합니다. 열심히 하겠습니다."

그렇게 말하며 다시 서류에 집중하는 박지수의 모습에 진우는 웃음을 터뜨렸다.

"박지수 검사님의 독립을 축하하며 건배!"

"건배!"

한 달 후, 춘천지검 앞의 식당에는 현진우 검사실 식구들이 회식을 하고 있었다.

수사관 김준규의 선창에 다들 술잔을 들고는 웃으며 건배를 했다.

"우리 박 검사님 처음 오시던 날이 엊그제 같은데, 이젠 정말 영감님이 되셨네요. 축하드려요."

정혜수는 두 손을 모으고 진심으로 축하 인사를 박지수에게 건넸고, 박지수는 웃으며 모두를 향해 고개를 숙였다.

"현진우 검사님, 김 계장님, 그리고 정 실무관님의 도움 덕분에 여기까지 올 수 있었던 것 같아요."

진우의 밑에서 수습 생활을 보낸 박지수는 다음 주, 수습 기간을 끝내고 춘천지검 형사1부로 발령을 받은 상태였다.

"특히 선배님, 정말 정말 감사드립니다. 선배님이 아니었더라면 저는……."

박지수는 현진우를 향해 진심을 담은 눈빛으로 감사 인사를 건넸고, 진우는 살짝 고개를 숙였다.

"선배님께 배운 것들 잊지 않고, 선배께서 가르치신 대로 법 앞에서 모든 사람을 평등하게 대하는 검사가 되겠습니다."

"내가 아니라, 다른 사람이 박지수 검사의 지도 검사였어도, 박 검사는 잘했을 거야."

진우 또한 박지수를 향해 진심을 담아 이야기를 이어나갔다.

"내가 형사부 검사였다면 좀 더 많은 것을 가르쳐 줄 수 있었을 텐데, 워낙 큰 사건을 겪다 보니 박 검사에게 제대로 수사 비결을 알려줄 수 없었던 거 같아서 미안할 뿐이야."

진우가 그렇게 말하자 박지수는 아니라는 듯 두 손을 가로저으며 입을 열었다.

"아니에요. 저는 오히려 선배께서 제 지도 검사이셔서 다행이었다고 생각하고 있어요. 선배가 가르쳐 주신 우리 검찰 조직의 의의는 누구에게도 배울 수 없었을 테니까요."

"하하하, 박 검사가 그렇게 생각해 주면 나는 고맙지."

진우는 웃으며 테이블 위에 올려둔 맥주를 들이켜고는

박지수를 바라보았다.

"앞으로 박 검사가 어느 곳에서 검사 생활을 하든 그 마음 잊지 않았으면 좋겠네. 그리고 박 검사가 못하면 지도 검사인 내가 욕먹는다는 거 잊지 말고."

"네, 알겠습니다!"

"우리 박 검사가 대답은 검사 중에 제일 잘할 거야."

진우의 농담에 모두가 웃음을 터뜨렸다.

"한 가지 더, 박 검사의 뒤에는 내가 있다는 거 잊지 마. 이번 일처럼 위에서 힘으로 찍어 누르려고 하면, 나를 이용해도 좋다. 박 검사는 내가 가르친 첫 후배 검사니까."

진우의 말에 박지수는 감격한 얼굴로 자리에서 벌떡 일어나 고개를 숙였다.

"저 정말 인생 살아오면서 운이 없다고 느꼈어요. 어릴 때부터요. 제가 뭔가를 하려고 하면 잘 안됐거든요. 그런데 이렇게 한 방에 모든 운을 몰빵하려고 그렇게 운이 없었나 봐요."

"뭐?"

"선배님을 저의 지도 검사로 만난 것이 제 인생 최대의 운이라고 말씀드리는 겁니다!"

박지수의 말에 진우는 헛웃음을 터뜨렸고, 김준규와 정혜수는 뭐가 그리 즐거운지 손뼉을 쳤다.

"저도요! 그동안 만난 영감님들 모두 저를 막 대하셔서 나는 상사 복이 없구나 했는데, 현 검사님 만나고 나서 느꼈습니다! 아 이 분을 만나려고 내가 그동안 운이 없던 거구나!"

정혜수마저 진우를 골려줘야겠다는 듯 말해오자 진우는 두 손을 들었다.

"정 실무관님까지 저를 말려 죽이시려고……."

"하하하, 이 친구 말이 맞습니다. 저도 수사관 생활 15년 만에 검사님 같은 분 처음 뵈었으니까요."

"어이구, 김 계장님까지 왜 그러십니까."

진우는 그렇게 말하며 자리에서 일어나 재킷을 챙겨 들었다.

"자꾸 그러시면 저는 이만 가렵니다."

진우는 그렇게 말하고는 발걸음을 옮기는 척했고, 모두는 당황한 듯 진우를 불러 세웠다.

"검사님 어디 가세요! 저희가 잘못했습니다."

"화장실 갑니다."

진우는 검사실 식구들을 바라보며 한 방 먹였다는 듯 웃으며 손을 흔들었다.

*

일주일 후, 현진우 검사실은 하루 앞으로 다가온 여름

휴가를 앞두고 그동안 해왔던 내사 자료들을 정리하느라 여념이 없었다.

“사람이 든 자리는 몰라도 난 자리는 안다고 하더니, 박 검사님 한 분 안 계시는데 처리할 일이 참 많습니다.”

김준규는 그렇게 말하며 커피를 진우의 책상 위에 올려놓았다.

“검사님도 시원한 냉커피 드시고 일 쉬엄쉬엄하세요. 더운 날 탈 납니다.”

“제가 가져다 먹어도 되는데…… 감사합니다. 내일이 휴가인데 탈 나겠습니까?”

진우는 싱긋 웃으며 김준규에게 고맙다는 듯 인사를 했다.

“여름휴가 계획 있으십니까?”

“글쎄요. 워낙 재미없게 살아와서요. 서울에 있는 가족 보러 갈까 생각 중입니다.”

“아휴, 우리같이 집에 들어가는 날이 적은 직업을 가진 사람들에겐 평소 참아줬던 가족에게 잘할 기회는 휴가 때뿐이죠. 잘 생각하셨습니다.”

진우는 김준규의 말에 미소를 지었다.

“검사님 앞으로 우편물 왔네요.”

두 사람이 한참 커피를 마시며 이야기를 나누고 있을 때, 잠시 자리를 비웠던 실무관 정혜수가 사무실 안으로 들어서며 진우에게 우편물 하나를 건넸다.

"서울남부구치소에서 왔어요."

"남부구치소요?"

"네. 사서함 번호가 그쪽이네요."

정혜수의 말에 진우는 고개를 갸웃하며 편지를 받아 들었다.

편지 봉투에는 전혀 처음 들어보는 사람의 이름이 발신인으로 적혀 있었다.

"검사님이 잡아넣은 사람이 보낸 거 아닙니까?"

옆에 서서 커피를 마시던 김준규는 진우의 의아함을 풀어주려는 듯 말해왔다.

"제가 잡아넣은 사람이요? 그게 제가 형사부 생활을 한 기간이 짧아서요. 제가 주임 검사였던 적이 별로 없습니다."

진우는 1년 차를 제외하고는 직접 사건을 처리한 적이 적었기 때문에 김준규의 말은 진우에게는 해당하지 않았다.

딱히 구치소에서 진우에게 편지를 보낼 만한 인물로 떠오르는 사람도 없었다.

"아, 참. 그렇죠. 모르는 사람입니까?"

"네. 고용빈이라는 이름은 처음 들어보네요."

진우는 여전히 의아하다는 표정으로 편지 봉투를 뜯었다. 봉투 안에는 여러 장의 편지가 들어 있었는데 얼핏 봐도 열 장은 넘어 보였다.

[현진우 검사님께.]

그렇게 시작하는 편지를 진우는 가만히 앉아 읽어 내려갔다.

편지를 읽어 내려가는 진우의 눈썹은 시시각각 변해갔는데, 꽤 심각한 표정으로 한숨을 내쉬며 편지를 읽었다.

한참 편지를 읽은 진우는 다 읽은 것인지 책상 위에 편지를 덮어두고 생각을 정리하는 듯했다.

"검사님, 무슨 일 있으십니까?"

진우의 모습을 바라보던 김준규가 물었고, 굳은 표정이었던 진우는 고개를 가로저으며 미소를 지었다.

"아무 일도 아닙니다. 그냥 하소연 편지네요."

"아아, 그런 편지 받는 영감님들 많이 봤습니다. 억울하다는 얘기인가 봐요?"

"네, 그렇네요."

"너무 신경 쓰지 마십시오. 죄짓고 감방에 들어간 인간들이 하는 말이 다 똑같습니다. 자기는 이용당했다. 억울하다. 그렇게 따지면 대한민국에 세상 억울하지 않은 사람이 어딨겠습니까?"

"하하하, 맞는 말씀입니다."

진우는 자리에서 일어나 옷걸이에 걸어둔 재킷을 챙겨입었다.

"저는 오늘 일찍 퇴근해 보겠습니다."

"검사님, 들어가십시오. 휴가 잘 보내시고요!"

"네, 두 분도 즐거운 휴가 되시고요. 푹 쉬고들 오세요. 휴가 다녀오시면 제가 알뜰하게 부려 먹겠습니다!"

진우는 웃으며 검사실 식구들과 인사를 마치고는 사무실 밖으로 걸음을 옮겼다.

"하……."

검사실 밖으로 나온 진우는 크게 한숨을 내쉬고는 굳은 표정으로 발걸음을 옮기기 시작했다.

사흘 후 서울남부교도소, 진우는 특별면회를 신청하고 상대를 기다리는 중이었다.

얼마 전 지검으로 온 편지 한 통이 진우의 발걸음을 이곳으로 향하게 했다.

무슨 편지인지 물어오는 김준규에게는 그저 아무 일도 아니라고 둘러댔지만, 편지의 내용이 그냥 지나칠 수 없는 내용이었다.

"왜 하필 나지?"

상대가 어떠한 접점도 없는 자신을 지목해 온 이유도 궁금했다.

이전 삶에서도 교도소에 있는 수감자들이 진우를 지명해 편지를 보내온 적은 왕왕 있었다.

하지만 하나같이 영양가 없고 과장된 정보들로 형량을 줄이거나 가석방을 거래하려는 시도였다.

그런 시도들은 대부분 무시해왔었지만, 이번엔 무언가 달랐다. 제보 내용이 상세했고, 신빙성 또한 있어 보였다.

"만나서 얘기를 해보면 견적이 나오긴 하겠지."

상대의 얘기가 과장된 것인지 아니면 정말 중요 정보인지 파악하는 게 우선이었다.

"그리고…… 제보 상대가……."

진우가 한참 생각을 정리하고 있을 때, 특별 접견실의 문이 열리고 교도관과 함께 진우에게 편지를 보낸 상대가 들어왔다.

"검사님, 정식 수사 절차가 아니라 면담이기 때문에 시간은 30분으로 하겠습니다."

"네, 알겠습니다. 감사합니다."

교도관은 그렇게 말하며 구석에 마련된 자신의 자리로 가서 앉았고, 상대는 진우를 바라보더니 입을 열었다.

"현진우 검사님, 반갑습니다. 고용빈입니다."

백발이 성성한 중년의 남자는 상당히 점잖아 보였는데 웃으며 진우를 향해 손을 내밀어왔다.

"앉으시죠."

진우는 고용빈이 내민 손을 무시하고는 자리에 앉았고, 고용빈은 내민 손이 머쓱해진 듯 피식 웃으며 자리에 앉았다.

"오실 줄 알고 있었습니다."

자리에 앉은 고용빈은 웃는 낯으로 진우를 향해 말해왔다.

"고용빈 씨, 저 말고 대안이 없는 거 알고 있습니다. 그럼 태도를 좀 바꾸시죠."

진우는 마치 위에서 자신을 내려다보려는 듯한 고용빈의 태도가 마땅치 않아 굳은 표정으로 말했다.

"하하하, 왜 검사님 말고 대안이 없을 거라고 생각하시죠?"

"대안이 있었다면 춘천에 있는 3년 차 평검사에게 장문의 편지를 보내지 않았겠죠."

진우는 웃으며 이야기를 이어나갔다.

"고용빈 씨, 대단하신 분이더군요. 대학 시절부터 증권사에서 개최하는 모의투자 대회란 대회는 싹쓸이 우승, 졸업 이후 여러 투자사 및 증권사에서 러브콜을 보냈지만, 직접 투자사를 창업하셨고요."

진우는 며칠간 자신이 파악한 고용빈의 프로필을 읊어갔다.

"창업 이후에도 스캘핑, 즉 아주 짧은 시간에 주식을 샀다 팔았다 하는 초단타 기법으로 증권 업계에서 이름을 꽤 날리셨고요. 증권가에서는 고용빈 씨를 모르는 사람이 없더군요."

"하하하, 옛날얘기입니다. 지금은……."

"브로커와 짜고 통정매매(담합 거래)로 주가조작을 하다 자본시장과 금융투자업에 관한 법률 위반으로 3년 6개월 형이 확정되어 수감 중인 죄수죠."

진우가 피식 웃으며 얘기하자 고용빈은 기분이 나쁜 듯 입꼬리가 파르르 떨렸는데 이내 내색하지 않으려는 듯 웃으며 진우를 바라보았다.

"검사님께 정보를 드릴 제보자이기도 하고요."

"고용빈 씨의 제보요? 누가 보더라도 머릿속으로 그려낸 거짓말이라고 했을 겁니다."

"그럼 왜 저를 찾아오신 겁니까?"

고용빈은 평정심을 잃은 듯 버럭대며 진우를 향해 물었다.

"궁금해서 말입니다. 왜 저기 지방, 춘천에 있는 저를 지목하셔서 편지를 보내셨을까 싶어서요."

"변호사가 얘기해 주더군요."

진우의 물음에 고용빈은 다시 평정심을 찾은 듯 감정을 추스르고는 이야기를 이어나갔다.

"서초동 법조타운에 소문이 돌아다닌다고요. 한 평검사가 검찰 내부를 정리하기 시작했다고 말입니다."

"과장되었군요. 저는 누구보다 조직을 사랑하는 사람인데요."

"하하하, 제보 편지 보셨으면 아실 텐데요? 저도 매주 검찰에 나갔었습니다. 그 정도 사실은 나도 파악할 수 있습니다."

진우는 자신을 향해 나도 너의 정보는 알고 있다는 듯 말해오는 고용빈을 한참 바라보다 테이블 위에 사진을 한 장 꺼냈다.

"홍찬기 법무연수원장. 고용빈 씨가 지목한 시기의 남부지검 금융조사팀의 팀장, 그리고 서울남부지검장으로 재직하다가 올해 초 법무연수원장으로 영전하신 분입니다."

진우가 꺼낸 사진의 인물은 고용빈이 진우에게 제보해 온 홍찬기 검사장이었다.

"나를 잡아넣은 사람이죠. 홍찬기. 그리고 제가 현 검사님께 제보한 인간이기도 하고요."

고용빈은 홍찬기를 향한 앙금이 남은 듯 굳은 표정으로 사진을 바라보다 고개를 들고 진우를 바라보며 이야기를 이어나갔다.

"2년 전, 남부지검에서 조사를 받고, 구치소에 구속수감 되었을 때 홍찬기가 연락을 해왔습니다. 수사를 도우라고요."

고용빈의 입에서는 진우에게 보냈던 편지의 내용이 흘러나왔다.

"처음엔 무슨 소린가 했습니다. 미국 드라마에서나 봤던 얘기를 검사가 내게 말해올지 몰랐으니까."

진우는 가만히 고용빈의 말에 집중하기 시작했다.

"그때부터 일주일에 세 번씩 남부지검으로 출정을 나갔습니다."

"외부엔 조사를 받는다는 핑계였겠군요."

"그렇습니다. 내가 1심에서 형량을 받기 전까지 남부지검으로 출정 나간 횟수가 얼마나 되는지 아십니까? 200회가 넘습니다."

진우는 놀란 표정을 지었다. 물론 사실 확인은 따로 해봐야겠지만, 출정 횟수가 200회가 넘는다는 것은 이례적이다 못해 전례가 없는 일이었다.

"남부지검으로 가서 무슨 일을 하셨습니까?"

"첫날 가니 제 사무실을 주더군요."

"사무실이요?"

"네. 영상 진술 녹화실이었는데 아직도 그 방을 기억합니다. 511호. 홍찬기의 검사실인 513호의 옆방이었죠."

"그곳에서 무엇을 하셨습니까?"

"홍찬기는 내게 검찰 내사 자료를 한 무더기 주면서 이 중에 냄새나는 사건을 그림으로 그려보라 했습니다."

"좀 더 자세하게 풀어서 얘기해 주시지요."

진우의 말에 고용빈은 피식 웃으며 입을 열었다.

"관심이 없으신 것 같더니. 하하하, 좋습니다. 2010년 2

월 주안실업 대표 횡령 사건, 2010년 7월 사모펀드 HC파트너스의 주가조작 사건, 2011년 1월 회계법인 성일의 회계 부정 사건. 제가 그림을 그린 사건입니다."

진우는 기분이 나빠져 왔다.

앞에 앉아 죄수복을 입고 있는 남자의 입에서는 마치 자신이 검사라도 된 것처럼 자신이 맡은 사건이라며 얘기해오고 있었다.

"처음 주안실업 대표의 횡령 사건을 파니 구치소 수용실을 독거실로 바꿔주더군요. 편합디다. 여러 사람과 좁은 수용실에서 지내다 독거실로 가니 두 발 뻗고 잘 수 있어서 좋았습니다. 두 번째 사모펀드의 주가조작 사건을 갖고 갔을 땐 수감실 안에서 태블릿 PC를 쓰게 해줬고요."

"구치소에 갇힌 피의자의 상태로 태블릿 PC를 썼다는 말입니까?"

"네. 인터넷도 아주 잘되는 놈으로요."

진우는 어이가 없었다. 구속된 피의자가 자유롭게 태블릿 PC를 이용해 외부와 소통을 하게 됐다는 건 선을 넘어도 한참 넘은 것이다.

물론 공범을 잡기 위해 구속된 것을 숨기고 휴대전화를 사용하게 해주는 수사 방식이 있긴 했지만, 고용빈의 사례는 달랐다.

"세 번째 회계법인 정선의 분식회계 건을 팠을 때 홍찬기가 말했습니다. 수고했고, 입을 다물고 있으면 1심 구형량을 줄여주겠다고요."

진우는 드디어 그간 미심쩍었던 것이 풀려오는 것 같았다.

고용빈을 조사할 때, 범죄 수익이 500억이 넘는데도 겨우 3년 6개월 형을 받은 게 이해가 되지 않았었다.

"뭐, 홍찬기가 구형을 5년 때려준 덕분에 3년 6개월 형을 받았죠. 좀 더 낮게 해줬으면 집행 유예로 나갈 수도 있었을 텐데. 대신 3년만 채우면 가석방을 도와주겠다고 홍찬기가 약속했었습니다."

"곧 3년이 되는군요."

"그리고, 홍찬기는 내 연락을 모두 무시하고, 모르쇠로 일관하고 있고요."

"6개월만 더 참으시면 형기가 만료되는데 이렇게까지 해야 할 이유가 있습니까?"

"나는 약속을 어기는 사람을 아주 싫어합니다. 약속을 어기는 인간에겐 두 배의 고통으로 돌려준다. 그게 내 철칙입니다."

"하하하, 수감복을 입고 있는 사람의 입에서 나올 소리는 아닌 거 같습니다."

고용빈의 말에 진우는 크게 웃고는 손목에 걸친 시계를 바라보았다.

"곧 30분이 되어가는군요. 즐거웠습니다."

진우가 그렇게 말하며 자리에서 일어나자 고용빈은 당황한 표정으로 진우를 바라보았다.

“홍찬기에 대한 수사, 하는 겁니까?”

고용빈의 물음에 진우는 굳은 표정으로 고용빈을 내려다보며 입을 열었다.

“홍찬기의 손에 놀아나시면서 검사라도 된 양 큰 착각을 하고 계신 거 같은데, 내가 그걸 고용빈 씨에게 알려줄 이유가 없습니다. 고용빈 씨가 알아서도 안 되고요.”

“……사흘 후, YBC 8시 뉴스에서 보도가 나갈 겁니다. 내가 검사님에게만 제보했다고 생각하지 않으시길…….”

“더 잘됐네요. 그러니 그냥 뉴스나 보면서 제보자 아무개로 계시지요. 수사에 관심 가지지 마시고요. 그럼 이만.”

진우는 살짝 고개 숙여 인사하고는 면회실 밖으로 발걸음을 옮겼다.

✻

이틀 후, 동대구역에서 내린 진우는 대구고검으로 향하는 택시에 올라타고는 고민에 빠졌다.

‘위법투성이.’

고용빈의 입에서 나온 말은 검사가 죄인을 불러서 수사를 시켰다는 얘기였는데, 할리우드 영화에서나 나오는 허황한 얘기였지, 실제로는 형사소송법을 완전히 무시한 위법 수사였다.

이것이 사실로 밝혀지면 고용빈이 처리했다고 주장한 사건은 근본부터 흔들린다.

'고용빈이 얻고 수사한 증거들은 정식 증거가 될 수 없었을 테지.'

고용빈의 주장대로 여러 사건에서 초기 수사를 맡은 것이 고용빈이라면, 가혹 행위를 통해 얻은 증거나 증언과 똑같이 위법한 방식으로 얻은 증거였기 때문에 재판에서 증거로 사용될 수 없었다.

특히 유, 무죄를 가르는 증거를 고용빈이 발견했다면, 당연히 재심청구를 할 수 있었고 이는 무죄라는 결과로 나올 수도 있었다.

'내가 맡아서는 안 돼.'

진우는 지난 이틀, 고민 또 고민했다.

이 사건을 맡고 싶었다.

생각 같아서는 바로 터뜨려 버리고는 수사를 진행하고 싶었다.

누가 보면 오히려 고민하는 진우를 이상하게 볼 것이다. 검사가 수사 개시를 두고 고민을 하다니.

'내가 앞에 나서서는…….'

진우는 전적이 화려했다. 총장과 검사장과 대거리한 인

물이라는 낙인이 찍혀 있었으니까.

여기서 검사장급 인물을 한 명 더 표적으로 두고 수사를 진행한다면, 지금까지는 긍정적으로 진우를 바라보던 조직 내 사람들도 불순한 의도가 있을 거라 의심할 것이다.

진우가 한참 생각을 정리하고 있을 때 택시는 대구고등검찰청으로 들어섰고, 진우는 택시에서 내리자마자 바로 지검장실로 올라갔다.

"어서 와."

지검장실 안에는 권태영 이외에 한 사람이 더 있었는데, 진우가 들어오자 권태영은 자리에서 일어나 진우를 향해 두 팔을 벌려왔다.

"검사장님, 오랜만에 뵙습니다. 얼굴이 많이 밝아지셨습니다."

"하하하, 전쟁터 같던 중앙에서 있다가 지방으로 내려와서 그런지 마음이 한결 편해. 자, 여기는 구본철 검사."

권태영은 자신의 옆에 서 있는 사람을 진우에게 소개했고, 구본철이라 불린 상대는 진우를 향해 손을 내밀어왔다.

"30기 구본철입니다."

상대는 자신의 연수원 기수를 말해왔는데 진우보다 선배였다.

"선배님, 안녕하십니까? 37기 현진우입니다."

"현 검사에 대해서는 검사장님께 귀가 닳도록 들어 잘

알고 있습니다."

구본철의 말에 진우는 놀란 표정으로 권태영을 바라보았고, 권태영은 껄껄 웃었다.

"하하하, 구 검사한테 자네 칭찬 좀 했어. 구 검사는 대구고검으로 내려와서 처음 만난 친굴세. 특수부 평검사고."

"아, 그렇습니까? 잘 부탁드립니다."

진우가 다시 한번 인사하자 구본철은 진우를 향해 웃었다.

"자자, 모두 서 있지 말고 앉지."

권태영의 손짓에 두 사람은 지검장실 중앙에 있는 소파에 앉았고, 권태영은 진우를 바라보았다.

"커피?"

"아뇨, 괜찮습니다."

"뭐 중요한 얘기를 할 건가 보네. 현 프로 네가 대구로 내려오겠다고 했을 때 느꼈지만 말이야."

권태영은 진우를 향해 피식 웃으며 소파에 기대앉았다.

"자, 한번 얘기해 보지. 나는 네가 나한테 연락한 그 순간부터 마음먹었으니까 말이야."

본론을 얘기해 보라는 권태영의 말에 진우는 슬쩍 구본철을 바라보았는데, 권태영은 이유를 알겠다는 듯 입을 열었다.

"아, 구 검사도 앞으로 우리와 같이 갈 친구니 얘기해도 괜찮아."

권태영이 그렇게 말하자 구본철은 진우를 향해 살짝 고개를 끄덕이며 웃었고, 진우는 권태영이 저리 말하면 어쩔 수 없다는 듯 입을 열었다.

“내년 새로운 정부의 출범과 동시에 검사장님께서 총장 자리로 영전하실 방법을 찾은 것 같습니다.”

진우의 말에 권태영은 얼굴에서 웃음기를 지우고는 진우를 바라보았다.

“……사실 확인은 한 건가?”

진우의 입에서 모든 사건의 그림이 흘러나오자 권태영은 굳은 표정으로 진우를 향해 물었다.

“고용빈의 출정 기록을 확인해 봤습니다만, 1년 새에 230회 남부지검으로 출정을 나갔습니다.”

진우의 말에 권태영은 아무런 대꾸도 하지 않은 채 고민에 빠졌다.

1년 사이에 230일이나 조사를 위해 출정을 나갔다는 건 들어보지도 못했으며 고용빈보다 더한 중범죄자도 그런 식으로 조사하지 않았다.

그리고 고용빈이 고분고분 따랐다는 것도 이상했다. 겨우 열 번을 불러도 많이 불렀다며 인권위에 진정을 넣는 것이 그들의 습성이었다.

"고용빈의 말이 사실인지는 정식 수사로 진행해 봐야 알겠지만, 제 생각에는 거짓이 아닌 거 같습니다."

권태영은 고개를 끄덕이며 입을 열었다.

"홍찬기 검사장이 이끌었던 남부지검 금융조사팀은 금융 범죄자들에겐 저승사자나 다름없는 곳이지. 기획단치고는 성과도 좋았어. 꽤 많은 금융 범죄 건을 파냈으니까."

서울남부지검은 여의도 증권가를 끼고 있었고, 덕분에 금융, 증권과 관련한 화이트칼라 범죄들을 많이 다루고 있었다.

특히, 대통령이 경제의 근간을 흔드는 경제범죄를 뿌리 뽑으라 지시한 이후 남부지검에 만들어진 금융조사팀은 엄청난 성과를 거두었고 팀장이었던 홍찬기는 이후 조직 내의 요직을 맡으며 승승장구했다.

"그런 홍찬기 검사장이……."

"알아본 바로는 고용빈 외에도 여러 재소자를 동원해 수사를 시킨 것 같습니다."

진우는 굳은 표정으로 담담하게 이야기를 이어나갔다.

"금융 범죄나 기업 범죄는 검사장님께서도 아시다시피 굉장히 전문적입니다. 우리 검사들보다 오히려 고용빈과 같은 증권 전문가들이 더 범법의 냄새를 잘 맡을 수 있고요."

"그렇지. 당장 나에게 고용빈이 한 수사를 진행하라고

했을 때는 나도 자신 없으니까."

"형사소송법에서 정한 수사의 주체는 검사, 사법경찰관, 특별사법경찰 관리만이 수사의 주체가 될 수 있다고 정했습니다. 즉, 고용빈의 말이 사실이라면……."

"홍찬기가 이끄는 금융조사팀이 맡은 사건들 대부분 증거 능력을 상실하고 무죄가 되겠지."

진우의 말에 권태영의 얼굴에는 점점 그림자가 졌다.

"구 프로, 자네 생각은 어때?"

권태영은 한참 조용히 자신과 진우의 얘기를 들으며 앉아 있던 구본철을 향해 생각을 물었고, 구본철은 심각한 표정으로 입을 열었다.

"사건을 덮는 게 좋을 것 같습니다."

"그래?"

"네. 이 사건은 말 그대로 조직의 존폐가 걸린 일입니다. 검사가 죄수에게 수사관과 똑같은 권력을 쥐여주고 수사를 하라고 시켰다는 건 우리가 감당할 수 없는 일입니다."

구본철의 말에 권태영은 한숨을 내쉬고는 고개를 끄덕였다.

"내 생각도 구 프로와 같아."

"덮을 수 없을 것 같습니다. 내일 자 YBC 메인뉴스에 보도될 내용이니까요."

진우의 말에 권태영은 진우를 노려보았다.

"현진우, 너 설마 언론에 흘린 거야?"

"제가 아닙니다. 고용빈, 똑똑한 사람입니다. 우리가 사건을 덮을 수도 있다는 걸 알고 언론에 먼저 제보를 했더군요."

권태영은 소파 팔걸이를 주먹으로 여러 차례 내려치고는 그래도 분이 풀리지 않는지 거칠게 마른세수를 하고선 붉어진 얼굴로 진우를 바라보았다.

"이 사건을 내게 들고 온 건 나보고 맡으라는 거겠지?"

"네. 확실하게, 한 점 의혹도 남기지 않고 모든 것을 철저하게 조사해 홍찬기를 보내야 합니다. 그것이 검사장님이 또, 우리 조직이 살아남을 수 있는 유일한 방법입니다. 우리는 지난 남성훈 검사장 특검 때 그 교훈을 배운 적이 있고요."

"네가 말한 대로 홍찬기가 차기 검찰총장직을 두고 나와 싸울 경쟁자기 때문인가?"

권태영의 말에 진우는 고개를 살짝 숙였다.

"굉장히 송구스러운 말씀이지만 경쟁자라고 생각하는 것은 저와 검사장님뿐일 겁니다. 홍찬기가 들으면 비웃을 겁니다."

진우는 진지한 표정으로 권태영을 향해 계속해서 말을 이어나갔다.

"최근 검사장님의 영향력은 검찰총장 이상이라는 평을

들으실 만큼 조직 내 일선 검사들 사이에서는 확실한 지위를 가지고 있으시지요."

"한데?"

"조직 밖의 평가까지 확장해 보면 어떨까요?"

"홍찬기보다 내가 약하다고 보나?"

"죄송하지만, 저는 그렇다고 봅니다. 검경 수사권 조정 정국에서 검사장님은 합리적인 인물로 비쳤음에도 불구하고 말입니다."

"현 검사, 초면에 미안하지만 말이 좀 심한 거 아냐?"

구본철은 진우의 말에 버럭대며 진우를 향해 입을 열었고, 권태영은 그런 구본철을 향해 대화를 끊지 말라는 듯 손을 들어 보였다.

"죄송합니다."

구본철은 민망한 듯 표정을 짓다가 이내 권태영을 향해 고개 숙였다.

"홍찬기에게 있는데, 내게는 없는 것이 있나?"

구본철의 방해가 끝나자 권태영은 진우의 말이 기분 나쁠 법도 한데 내색을 하지 않으려는 듯 굳은 표정으로 진우를 향해 물었다.

"아이러니하게도 검사장님은 그 자리까지 올라가시면서 누구와도 타협하지 않으셨죠. 예를 들자면, 미래 그룹은 어떻습니까?"

진우의 물음에 권태영의 눈가는 파르르 떨리기 시작했다.

"내 뒷조사를 했나?"

"그럴 리가 있겠습니까? 조직 내에 도는 소문을 들었을 뿐입니다. 권태영은 미래 그룹 장학생 제의도 까고 그 자리까지 올라갔다는 소문 말입니다."

"그들에게 손을 벌리는 순간 내가 할 수 있는 것들은 줄어들게 되니까. 나는 누구의 눈치를 보는 건 딱 질색이야. 여기까지 기어서 왔지만, 내 등 위에 짐을 올리고 싶지 않았어."

"네. 하지만 홍찬기는 뒷배가 있습니다. 미래 그룹 장학생이라는 타이틀과 함께요."

진우는 이 사건을 맡고 싶었다.

미래 그룹과 연관된 홍찬기가 조직의 수장에 올라가는 것은 막아야 했고, 방법은 오직 한 가지. 권태영을 움직여야 했다.

"늘 정권이 바뀔 때마다 연례행사처럼 검찰을 이용해 재벌들을 공격해왔죠. 그때부터 미래 그룹은 우리 조직 내에 유망한 검사들을 하나둘씩 포섭하기 시작했고요."

"우리 조직의 어두운 면이지. 장학생? 웃기지 말라고 해. 검사라는 것들이 재벌의 돈을 받아먹는 걸 비꼬는 것도 모르고 좋다고 내가 미래 그룹의 장학생이다 떠들고 다니는 꼴이라니. 우리 조직이 어쩌다 이렇게 되었어? 그동안 얼마나 안에서부터 곪았으면 최근에 하나둘씩 터져 나오냔 말이야!"

진우는 권태영의 이런 모습을 좋아했다. 권태영도 정의롭고 바른 검사라고는 할 순 없었지만, 지켜야 할 선을 알고 있었다.

그것이 진우가 권태영의 손을 잡은 이유였다.

"미래 그룹을 등에 업은 홍찬기는 정관계에 뻗어 있는 미래 그룹의 인맥을 이용해 아주 쉽게 검찰총장 자리를 차지할 겁니다. 그리고 홍찬기 검사장은……."

"어쨌거나 가장 큰 경쟁자였던 나를 밀어내려고 할 테지."

다음 총장이 누가 되든 덩치가 커져 버린 권태영을 제거해야 조직을 장악할 수 있었다.

권태영은 소파의 팔걸이에 손가락을 굴리며 고민에 빠졌고, 진우는 그런 권태영을 바라보며 생각할 시간을 주는 듯했다.

"홍찬기를 잡으면?"

"검사장님의 경쟁자는 없습니다."

마치 확신을 바라는 듯 물어오는 권태영의 말에 진우는 확신을 주었고, 권태영은 이내 결연한 표정으로 고개를 끄덕였다.

"춘천으로 돌아가."

진우는 권태영의 말이 아직 끝나지 않았다는 걸 알고 있었다.

“판을 깔아놓고 현 검사 너를 부를 테니 준비하고 있어.”

“네, 알겠습니다.”

권태영의 입에 결심이 선 듯한 말이 흘러나오자 진우는 자신의 선택은 틀리지 않았다는 생각이 들어 웃으며 고개를 숙였고, 진우의 맞은편에 앉은 구본철은 굳은 표정으로 진우를 바라보았다.

✻

「[단독] 구치소 수감자의 충격적인 고백, “나는 남부지검 소속 검사였다.”」

「남부지검 금융조사팀 재소자 시켜 범죄 수사.」

「법조계 “명백한 형사소송법 위반, 금융조사팀이 맡은 모든 사건 재조사해야.”」

「검찰 왜 이러나? 연이은 검찰 사건·사고…… 검찰 개혁 목소리 커져.」

「대검찰청, 특임검사 임명해 스스로 수사할 것. 현직 검사장급 특임검사 임명할 듯…….」

사흘 후, 휴가를 마치고 지검으로 복귀한 진우와 검사실 식구들은 조간신문의 헤드라인을 보고 심각한 표정을 지었다.

YBC의 보도 이후, 줄을 잇는 후속 보도가 점점 검찰 조직을 압박해 나갔고, 그간 검찰의 실책에도 입을 열지 않았던 대통령까지 나서 검찰을 비판하고 있는 상태였다.

"검찰을 비판하는 여론의 목소리가 장난 아닙니다. 이런 일이 있을 수가 있습니까?"

수사관 김준규는 심각한 표정으로 진우를 바라보며 이야기했다.

"수십 년 여러 영감님을 모시면서 검찰 조직에 몸담고 있었지만, 이런 적은 없었습니다. 피의자를 불러서 수사를 시킨다니요?"

"그러게나 말입니다."

"보도를 보니 홍찬기 검사장뿐 아니라 수사관 두 놈도 피의자가 물어다 준 수사로 승진을 했다는데, 같은 수사관으로서 정말 부끄럽습니다."

진우는 계속해서 푸념 섞인 말을 해오는 김준규의 말에 공감한다는 듯 고개를 주억거렸다.

한참 두 사람이 의견을 주고받고 있을 때, 검사실 문을 누군가가 두드리더니 문이 열렸다.

"부장님, 오셨습니까?"

진우가 소속된 춘천지검의 형사2부장이었는데, 진우는 자리에서 벌떡 일어나 고개를 숙였다.

"전화하시지 여기까진 어쩐 일로……."

"아, 지금 차장검사님한테 얘기 듣고 내려오는 김에 직접 전하려고."

부장검사는 진우를 향해 무언가 전할 것이 있다는 듯 말해왔다.

"지금 바로 서울로 가."

"서울이요?"

"그래, 남부지검에 특임검사 사무실이 차려졌어. 특임검사로 임명된 분이 자네를 차출했어."

진우는 드디어 기다리던 소식이 들려오자 부장검사를 향해 고개를 숙였다.

"감사합니다."

"나한테 감사할 게 있나? 특임검사로 임명된 권태영 검사장께 고마워해야지. 어쨌든 잘 다녀오고."

"네, 알겠습니다."

부장검사는 전할 말을 다 전했다는 듯 문을 닫으며 나갔고, 진우는 짐을 챙기기 시작했다.

"검사님, 이게 무슨 일이랍니까?"

김준규와 정혜수는 자리에서 일어나 진우에게 다가왔다.

"권태영 검사장님을 중수부 시절 모셨습니다. 아무래도 편한 사람이 필요하셨나 봅니다."

"정말로 다행입니다. 다른 사람들이 이 사건을 맡으면

은근슬쩍 뭉개지 않을까 걱정이었는데, 우리 검사님이라면 믿고 맡길 수 있지요."

"맞아요."

김준규가 그렇게 얘기해 오자 진우는 피식 미소를 지으며 고개를 끄덕였다.

"확실하게 조직의 위신을 지키고 오도록 하겠습니다."

옷걸이에 걸어둔 재킷을 입고, 백팩을 등에 멘 진우는 두 사람을 보며 얘기했다.

"여기 걱정은 하지 마시고, 잘 다녀오십시오."

"검사님, 조심해서 다녀오세요."

"네, 두 분도 잘 지내고 계시고요. 그럼 다녀오겠습니다."

진우는 자신을 배웅하는 김준규, 정혜수와 인사를 하고는 검사실 밖으로 발걸음을 옮겼다.

"선배님!"

그때, 복도 끝에서 박지수가 달려왔다.

"하아, 하아."

"복도에서 뛰는 버릇은 아직도 못 고쳤네."

가쁜 숨을 고르는 박지수를 향해 진우는 피식 웃으며 입을 열었다.

"소식 듣자마자 혹시나 가셨으면 어쩌나 하고 달려왔어요. 잘 다녀오세요."

"그래, 박 검사도 수고하고."

"넵. 춘천은 제가 지키고 있겠습니다."

어느덧 진우가 편해진 것인지 웃으며 말해오는 박지수와 인사하고는 진우는 발걸음을 옮겼다.

✻

"현진우 검사님, ID카드 주시면 바로 보안대 등록해 드리겠습니다."

진우는 춘천지검을 나서자마자 그 길로 서울로 올라와 남부지검에 들어섰다.

1층 보안대에서 공무원증을 보안대에 등록하고는, 보안직원의 안내에 따라 남부지검 5층에 마련된 특임검사실로 향했다.

"확실하게 하자."

특임검사실 앞에서 잠시 마음을 가다듬은 진우는 문에 노크하고는 특임검사실로 들어섰다.

"어……."

특임검사실로 들어온 진우는 잠시 자신이 잘못 찾아온 줄 알고 굳은 채로 서 있었다.

"현 프로."

사무실에는 특임검사인 권태영과 더불어 이재윤, 주성민, 서필규가 진우를 맞아왔다.

"막내 검사가 제일 늦게 다녀도 된다고 내가 가르쳤나?"
주성민의 말에 진우는 활짝 미소를 지었다.

To Be Continued

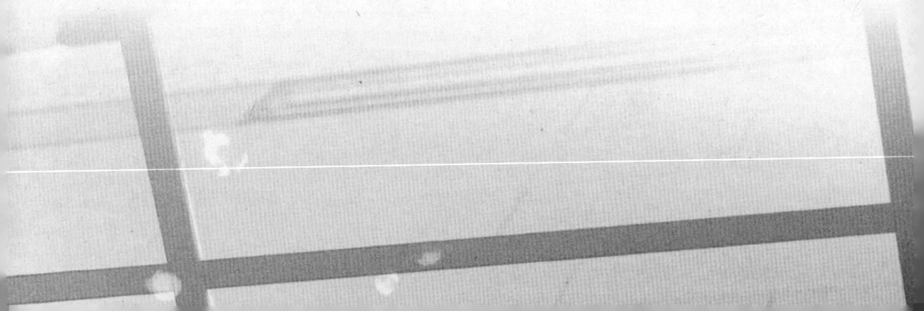